नवलेखन प्रतियोगिता में चयनित

कोई भी दिन

(कहानी संग्रह)

कोई भी दिन

पंखुरी सिन्हा

भारतीय ज्ञानपीठ

ISBN 81 - 263 - 1148 - 7

लोकोदय ग्रन्थमाला : ग्रन्थांक 803

प्रकाशक :
भारतीय ज्ञानपीठ
18, इन्स्टीट्यूशनल एरिया, लोदी रोड
नयी दिल्ली-110 003

मुद्रक : आर.के. ऑफसेट, शाहदरा, दिल्ली-110 032

आवरण-चित्र : प्रभिन्दर लाल
आवरण-सज्जा : चन्द्रकान्त शर्मा

दूसरा संस्करण : 2006
मूल्य : 90 रुपये

KOI BHEE DIN
(Short-stories)
by Pankhuri Sinha

Published by
Bharatiya Jnanpith
18, Institutional Area, Lodi Road
New Delhi-110 003

Second Edition : 2006
Price : Rs. 90

माँ को

अनुक्रम

प्रदूषण

उसे मैंने अन्ततः इसलिए छोड़ा क्योंकि जो कुछ भी मैं कहती थी, वह यही कहता था कि मैंने बहुत ज्यादा किताबें पढ़ ली हैं और मेरा दिमाग खराब हो गया है। हालाँकि इस हादसे को तीन-साढ़े तीन साल होते होंगे, पर जाने क्यों मुझे लगता है कि इसे घटे सदियाँ गुजर गयीं, पिछले कई दिनों में कई बार उसका खयाल इसलिए आया कि मेरी नयी और पहली नौकरी की खिदमत में जिन एक सज्जन से हर सुबह मेरी मुलाकात बल्कि मुठभेड़ होती है, वे मुझे बेतरह उसकी याद दिलाते हैं।

नौकरी का अलिखित नियम यह है कि सुबह दस बजे तक पहुँच जाना है। अलिखित नियम इसलिए क्योंकि लिखित नियम यह है कि दफ्तर छोड़ने का कोई नियत समय नहीं, जब तक खबरें आती रहेंगी, काम जारी रहेगा। इस लिहाज से दस बजे की पाबन्दी ज्यादती लगती थी।

पर दस बजकर पाँच मिनट पर दफ्तर में दाखिल होने पर मैंने पाया था कि उन सज्जन ने हाजिरी बनानेवाले रजिस्टर में मेरे नाम के आगे लाल स्याही से एक गोल बिन्दु बना दिया था। मैंने उस बिन्दु को देखते हुए अनदेखा कर, काली स्याही की एक कलम से अपने नाम में समेटते हुए हस्ताक्षर कर दिया था।

पर अगले दिन फिर मेरा दाखिला दस बजकर पाँच या सात मिनट

पर ही हो पाया। और इस बार रजिस्टर खोलने पर मैंने पाया कि मेरे नाम के आगे लाल स्याही की बिन्दु नहीं, एक लम्बी तिरछी लकीर है जिसे काली स्याही वाली मेरी कलम ढक नहीं सकती। यह अपने केस की अर्जी देने के लिए उन सज्जन के पास मेरा व्यक्तिगत रूप से बुलावा था। उनके द्वारा दिये गये उस कम्पनी के बृहत् बिजनेस के दर्शन, और सिद्धान्तों के व्याख्यान के बावजूद मेरे नाम के आगे बिन्दु और रेखा का खेल चलता रहा, जो नूतन प्राप्त अपनी नौकरी के लिए मुझे विशेष हितकर नहीं जान पड़ता था।

पर समय की पाबन्द और लाल रंग की पसन्दवाली मेरी नौकरी में कोई खास आर्थिक माद्दा नहीं था। और चाहे जितने भी घण्टे नौकरी को अर्पित करना श्रेयस्कर हो, रहने को मकान फिर भी चाहिए था।

मेरा तत्कालीन आवास, निरन्तर फैलती दिल्ली के एक सुदूर कोने में इस दफ्तर से दो या ढाई घण्टे की दूरी पर था। डी. टी. सी. बस की कृपा से यह दूरी अकसर तीन घण्टे में तब्दील हो जाती थी। अपने नाम के आगे प्रकट होने वाले लाल रंग को हटाने के लिए, मुझे इस दूरी को मिटाना होगा, यह निश्चय मैंने एक दिन बस में बैठे हुए किया।

फिर उसके बाद के दो रविवार दफ्तर के आसपास के मुहल्लों में भटकने के बाद, वहाँ एक किराये का मकान मैंने तय कर लिया।

पर किराया इतना था कि अकेली मैं भुगतान नहीं कर सकती थी। कोई चाहिए था, नहीं कोई चाहिए थी, जो मकान के दो कमरों में से एक कमरा ले ले और किराया चुकाने में मेरा हाथ बँटाए।

मेरे मित्रों, सम्बन्धियों, परिचितों के बीच में से अचानक एक ऐसी लड़की उठकर खड़ी हो जाए जिसे शहर के इस कोने में एक दुमंजिले मकान के दूसरे तल्ले वाले घर में एक कमरे की आवश्यकता पड़ जाए, इसकी सम्भावना नगण्य थी। इसलिए मैंने अखबार में विज्ञापन देने का निर्णय लिया।

वैसे भी यह अखबार में विज्ञापन का जमाना था। अखबार के

विज्ञापन के सहारे लोग अपना जीवन साथी ढूँढ़ लेते हैं, तो क्या मैं मकान के लिए एक साथी नहीं ढूँढ़ सकती?

उसपर जीवनसाथी वाले विज्ञापन की, खासकर जो वर पक्ष वधू के लिए देता है, कई शर्तें होती हैं। रंग गेहुआँ से गोरा होना चाहिए से शुरू होकर लड़की की ऊँचाई, नाक की लम्बाई, चेहरे की गोलाई, कान्वेण्ट की पढ़ाई के अतिरिक्त लड़की के पकाने-खिलाने के शौक को लाजिमी बताया जाता है।

जीवन साथी वाले विज्ञापनों की तुलना में मेरा दिया विज्ञापन सीधा-सपाट था। सम्पर्क के लिए मैंने अपने एक मित्र का फोन नम्बर दिया था।

फोन नम्बर बहुत कारगर सिद्ध हुआ था। अखबार का विज्ञापन घर ढूँढ़ती या घर बदलने की ख्वाइश रखती हर लड़की के पास पहुँच गया था। दो दिनों के अन्दर ही मेरे मित्र ने आकर कह दिया था कि फोन उठाते-उठाते वह थक गया है।

उसकी आवाज में पिछले दो दिनों में अनेक लड़कियों से बात करने की खनक थी।

उसी खनक के साथ उसने बताया था कि जिस लड़की ने सबसे पहले फोन किया था वह शनिवार की शाम घर देखने और मुझसे मिलने आ रही है। उसके यह कहने पर कि वह घर देखने आ रही है, मुझे दुबारा एहसास हुआ था कि घर दिखाने का मुझे कोई अधिकार नहीं है।

पर खुद को मैंने यह कहकर तसल्ली दे दी कि विज्ञापन घर में रहने के लिए नहीं, मेरे साथ रहने के लिए है। और घर पर कब्जा करने या करने देने का मेरा कोई इरादा नहीं है। इसलिए अगर वह लड़की शक्ल से चोर-उच्चकी नहीं दिखी, तो मुझे उसके साथ रहने में कोई आपत्ति नहीं, मुझे विज्ञापन का जवाब देने वाली किसी लड़की के साथ जीवन नहीं निभाना, इसलिए हर किसी के साथ जन्मपत्री मिलाने की कोई आवश्यकता नहीं।

जैसा कि उसने कहा था शनिवार की शाम को उसने घण्टी बजायी। उसका नाम सौम्या था। वह एक पुरुष के साथ थी, जो उससे लगभग दस-बारह बरस बड़ा दिखता था। "ये मेरे कजिन हैं, शिशिर!" उसने कहा।

मैं अँग्रेजी के इस कज़िन शब्द के व्यापक प्रयोग से भली-भाँति परिचित हूँ। इसलिए उन दोनों को घर का हर कोना, हर दरवाजा दिखाते, जो स्पष्टतः उजागर है उसे भी दुहराते, जैसे बैठक के लिए छोड़ दी गयी छोटी-सी जगह में खड़े होकर यह कहते कि यह बैठक है, मुझे पता था कि यह व्यक्ति उसका कजिन नहीं है।

फिर अपने भावी कमरे का करीब से मुआयना कर जब वह शिशिर के साथ, मेरी गिनी-चुनी कुर्सियों पर, आमने-सामने आ बैठी तो मुझे उसके शिशिर को अपना कजिन कहने में अचानक दिलचस्पी हो आयी। वह खुद पैसे कमाती, अपना खर्च चलाती, पच्चीस-छब्बीस वर्ष की लड़की थी, कॉलेज के पहले साल में पढ़ती बच्ची नहीं।

पर जैसे यह तय था कि वह उसका कजिन नहीं है, वैसे ही यह भी तय था कि मैं उसके वैसा कहने का कारण नहीं पूछूँगी। और पहले से ही यह भी तय था कि पहली लड़की अगर चोर-डाकू नहीं दिखी, तो मैं बात पक्की कर लूँगी, कि ज्यादा मुआयना करने में मेरी दिलचस्पी नहीं।

इसलिए और सिर्फ इसलिए, कुछ जानने के प्रलोभन से नहीं, तय हो गया कि सौम्या जब चाहे सामान सहित चली आये। हम दोनों आधे-आधे पैसे लगाकर दो चाबी वाला एक नया ताला खरीद लेंगे।

ताले के बाद, आधे-आधे पैसे पर हमने दूध, अखबार, कामवाली बाई इत्यादि कई चीजें तय कर लीं। हमारी दोस्ती एक झटके के साथ कुछ ज्यादा ही तेजी से चल निकली।

एक इतवार की सुबह उसने मुझसे कहा कि चूँकि हम अब मित्र हैं इसलिए शिशिर का गलत परिचय मुझे देना अब उसे खल रहा है और

मुझ पर पूर्ण विश्वास कर लेने की उसकी इच्छा हो रही है।

शिशिर उसका कजिन नहीं, शिशिर उसका प्रेमी है। किन्तु वह विवाहित है। और फिर उसने शिशिर के दुःखमय नहीं तो बेहद असन्तुष्ट विवाहित जीवन की, तीन साल पहले उन दोनों के दफ्तर में मिलने की और उन दोनों के लाख यह कोशिश करते कि न हो, प्यार के हो जाने की लम्बी सिसकियों-भरी कहानी कह सुनायी।

पर शिशिर की दो छोटी बेटियाँ हैं जिनके कारण वह शादी नहीं तोड़ सकता। उसके शादी तोड़ देने से उसकी बेटियों का भविष्य बिगड़ जाएगा। स्थिति सुलझन से परे है। सौम्या ने उसे यथावत स्वीकार कर लिया है। शिशिर उसे इस तरह प्यार करता है जैसे पहले कभी किसी ने नहीं किया! उसे अगर इस दुनिया में किसी चीज पर भरोसा है तो शिशिर के प्यार पर।

जब तक इस घोषणा के साथ सौम्या ने अपनी आँखें पोंछीं, तब तक मैं भी प्यार नामक उस चीज पर इतना आन्दोलित हो चुकी थी कि सौम्या के साथ कन्धे-से-कन्धा मिलाकर दुनिया का सामना करने को तैयार थी। मैंने जान लिया था कि अपने अनुष्ठानों और रीतियों के बल पर प्यार करनेवालों की तौहीन करनेवाली यह दुनिया निर्दयी है, क्रूर है।

पर जैसे-जैसे समय बीतता गया, मैंने पाया, कि प्यार नामक वह चीज बजाए कुछ खूबसूरत होने के, अकसर विस्फोटक झगड़ों में उबल पड़ती थी। झगड़ों के मूल में हमेशा ही शिशिर के परिवार की उपस्थिति होती थी। सबसे ज्यादा दिक्कत की बात यह थी कि सौम्या हमेशा मुझसे मध्यस्थता करने को कहती थी। कई बार रात के बारह बजे।

मेरी अपनी दिनचर्या में जो व्यवधान थे वो तो थे ही, पर मुझे डर था कि मालिक मकान हमें निकाल बाहर करेंगे।

इस सारी उथल-पुथल के बीच एक दिन मुझे बुखार आ गया। आया तो आया, पर गया नहीं।

नयी नौकरी की हिफाजत की खातिर मैंने फौरन खुद को डॉक्टर

के हवाले कर दिया। मेरे लिए फ्लू की दवाइयाँ लिखी गयीं, आराम बताया गया।

पर बाकी सारी दौड़-धूप के साथ, सौम्या और शिशिर के कभी बेतहाशा उमड़ते प्यार, कभी बेतहाशा उमड़ते क्रोध के कारण, घर में आराम कर पाना मुश्किल हो रहा था। दवाइयाँ खरीदना ज्यादा आसान था।

बावजूद महँगी दवाइयों के, जब एक दिन बुखार ज्यादा बढ़ गया तो मैं दोपहर को ही, असमय, दफ्तर से घर चली आयी।

घर आकर मैंने पाया कि सौम्या और शिशिर पहले से धर में मौजूद हैं। उन दोनों का पता नहीं, पर मुझे बेहद झेंप हुई। मैं सीधी अपने कमरे में जा घुसी लेकिन कमरे में प्रवेश करते ही मेरी झेंप क्रोध में बदल गयी। मेरा बिस्तर सिलवटों से भरा हुआ था। शायद दोनों टेलिविजन ही देख रहे हों। मैंने अपना पोर्टेबल टेलिविजन अपने कमरे में ही रखा था। सौम्या के पास काफी कम सामान था। मेरी गैर-हाजिरी में मेरे कमरे में...मेरे बाहर से आने पर मुझे अपना बिस्तर सिलवटों से भरा मिले, यह मुझे कुछ वादा-खिलाफी जैसा लगा।

पता नहीं बुखार की वजह से क्रोध ज्यादा तमतमा गया, या वैसे भी उनका यह आचरण मुझे उतना ही आपत्तिजनक लगता, मैंने अविलम्ब बिस्तर की चादरें बदलीं और खुद को अपने कमरे में बन्द कर लिया। सौम्या से उस दिन मेरी कोई बात नहीं हुई।

बुखार बढ़ता गया। मैंने वापस खुद को डॉक्टर के सामने पेश किया। इस बार, लम्बी जाँच-पड़ताल के बाद पता चला कि टाइफाइड है, और हल्का-फुल्का नहीं। आराम की सलाह नहीं, सख्त हिदायत दी गयी। दफ्तर जाने की मनाही हो गयी। मजबूरन मुझे 'लीव विदाउट पे' लेना पड़ा। अब यह खयाल कि सौम्या और शिशिर के झगड़ों से निजात पाया जा सकता है, असम्भव जान पड़ा।

इन सारी अप्रत्याशित विभीषिकाओं के बीच यदि कुछ आशाजनक

दिखता था तो यह कि जल्दी ही अनिर्बान कोलकाता से आ रहा था। आ तो वह वहाँ की नौकरी से कुछ दिनों की छुट्टी लेकर रहा था, पर योजना थी कि यहाँ वह अपने लिए एक नयी नौकरी ढूँढ़कर कोलकाता वाली नौकरी को त्यागपत्र भेज देगा।

मैं इस उम्मीद में भी कि अनिर्बान किसी तरह या तो सौम्या और शिशिर के अन्तहीन पचड़े से मुझे मुक्ति दिला देगा, या मेरा टायफायड ठीक कर देगा या फिर मेरी 'लीव विदाउट पे' को 'मेडिकल लीव' बना देगा।

अनिर्बान आकर पास ही में अपने एक मित्र के साथ टिक गया। दिनभर नौकरी ढूँढ़ने के बाद वह शाम को मेरे लिए खिचड़ी बनाने आता। खिचड़ी बनाने में सौम्या उसकी भरपूर मदद करती, जितनी कि उसने कभी खिचड़ी बनाने में खुद मेरी मदद नहीं की।

एक शाम उसने बताया कि वह 'कैट' सरीखी किसी परीक्षा की तैयारी कर रही है जिसका एक बहुत बड़ा हिस्सा गणित का है। उसने गणित के सवाल हल करने में अनिर्बान की मदद माँगी।

अनिर्बान अब मेरी खिचड़ी बनाने के बाद गणित बनाने में उसकी मदद करने लगा।

एक सुबह सौम्या ने आकर मुझसे कहा कि अनिर्बान बहुत ही भला और नेक इनसान है। फिर अगले दिन उसने खुद अनिर्बान से ही कह दिया कि वह बहुत ही भला और नेक इनसान है। अब, भला और नेक अनिर्बान थोड़ी झिझक के साथ गणित पढ़ाने लगा। सौम्या पूरी लगन के साथ पढ़ने लगी। शिशिर के आने पर गणित की यह पढ़ाई अवरुद्ध हो जाती।

पढ़ाई का यह नियम चल निकलने के एक-दो शाम बाद ही सौम्या और शिशिर के बीच पुनः कर्णभेदी लड़ाई हुई। शिशिर और अनिर्बान के अपने-अपने निवास को लौट जाने के बाद, सौम्या के काफी देर तक सशब्द बिलख लेने के बाद, मैं उसके कमरे में गयी और यथासम्भव

संयत आवाज में मैंने उससे कहा कि जितनी जल्दी हो सके, वह यह घर छोड़ दे।

उसका सारा रोष जो रो-धोकर कुछ शान्त हुआ था, दुबारा मुझ पर उबल पड़ा। उसने मेरे आगे प्रश्नों की झड़ी लगा दी। वह आक्रामक बहस पर उतर आयी। उसे वैसे ही बोलता छोड़, मैं थककर अपने कमरे में आ गयी।

उस रात के बाद मेरे और सौम्या के बीच बातचीत बन्द हो गयी।

सूचनाओं का आदान-प्रदान अनिर्बान के जरिये होता रहा। अनिर्बान को ही उसने बताया कि उसने अपने लिए नया ठिकाना ढूँढ़ लिया है और पन्द्रह दिनों में वह यह मकान छोड़ रही है। उन दोनों के बीच गणित की चर्चा फिर नहीं हुई!

इस महीने के किराये में से आधे का भुगतान सौम्या करेगी, पर अगले महीने से पूरा क़िराया मेरे अकेले सिर पर था और मैं 'लीव विदाउट पे' लेकर तकिये पर सिर टिकाये लेटी थी।

मुझमें दुबारा विज्ञापन देकर किसी को ढूँढ़ने का उत्साह और साहस शेष नहीं था। आखिर सारी रात सोचकर मैंने फैसला कर लिया और अनिर्बान से कह दिया कि सौम्या के चले जाने के बाद, उसके कमरे में वह 'शिफ्ट' कर जाए। अपने चश्मे के पीछे, अपनी आँखें बड़ी-बड़ी करके अनिर्बान ने इनकार कर दिया। पर अपना प्रस्ताव लेकर मैं डटी रही। आखिरकार मेरे बहुत जिरह करने, अपनी असमर्थताओं का रोना रोने और अखिरकार अपनी 'लीव विदाउट पे' का हवाला देने पर वह किसी तरह राजी हुआ।

इस प्रकार, सौम्या के चले जाने पर बड़ा अनमना-सा चेहरा लिये अनिर्बान दूसरे कमरे का निवासी बन गया। इस नयी मिली शान्ति और सम्पूर्ण किराये का बोझ सिर से उतर जाने पर, मैंने अपने टायफाइड पर अधिक ध्यान देना शुरू किया।

इस परिवर्तन के दो-तीन दिनों के बाद एक शाम लगभग साढ़े

सात-आठ बजे घण्टी बजी। इस समय यहाँ कौन हो सकता है, का कुतूहल हम दोनों को एक साथ हुआ। हम अपनी-अपनी खिचड़ी की प्लेट पकड़े कमरे में टेलीविजन के सामने बैठे थे। अनिर्बान उठकर बाल्कनी में जाने को हुआ ताकि देख सके कि घण्टी बजानेवाला कौन है?

तभी मेरे चाचाजी की बुलन्द लड़खड़ाती हुई आवाज नीचे से ऊपर तक चली आयी, "रचना राय यहीं रहती हैं?" वे मालिक मकान से पूछ रहे थे।

अनिर्बान को काटो तो खून नहीं। वह खिचड़ी की अपनी प्लेट समेत कहीं विलुप्त हो जाना चाहता था। उसने चादर उठाकर देखा, बिस्तर बहुत नीचा था। उसने फौरन अपनी प्लेट किचन की सिंक में डाली और दौड़ता हुआ बाल्कनी की तरफ जाने लगा अगर नीचे कूद जाना सम्भव नहीं हुआ तो कम-से-कम पड़ोसी की बाल्कनी में कूद जाना तो सम्भव होगा। वह क्या कर रहा है, क्या वह पागल हो गया है, मेरे दो-तीन बार पूछने पर वह बदहवास-सा घर के बीचोबीच खड़ा हो गया।

"रचना प्लीज!" उसने कहना शुरू किया, वह कोई भी है, बस अनिर्बान नहीं है, वह बिजली का मिस्त्री है, वह मुहल्ले में कपड़े इस्त्री करने वाले रामविलास का सहकर्मी है, बस अनिर्बान कतई नहीं है। उसकी ऐसी घबराहट और अनिर्बान न होने का उतावलापन देखकर मुझे हँसी आ रही थी। अगर आज वह बिजली मिस्त्री है तो एक दिन अचानक अनिर्बान कैसे हो जाएगा? आखिर अनिर्बान से चाचाजी कभी-न-कभी तो मिलेंगे ही।

चाचाजी अब दरवाजे की अन्तिम सीढ़ी चढ़ रहे थे। मैंने उन्हें उस छोटी-सी जगह में बिठाया जिसे हम अपना ड्राइंगरूम कहते थे। बैठते हुए उन्होंने गर्दन घुमाकर वहाँ अवाक् खड़े अनिर्बान को देखा।

"चाचाजी, यह अनिर्बान है।" मैंने उसका संक्षिप्त परिचय दिया

तो उन्होंने दुबारा गर्दन घुमाकर उसे देखा। उनके उस तरह गर्दन घुमाने से ही स्पष्ट था कि उसका अनिर्बान होना और अनिर्बान होते हुए वहाँ मौजूद होना, दोनों उन्हें सख्त नापसन्द थे। चुपचाप, ज्यादातर बैठे हुए ही उन्होंने डॉक्टर के पुर्जे देखे, टेस्ट के रिपोर्ट देखे, दवाइयाँ देखीं, एक बार थर्मामीटर लगवाकर मेरा बुखार देखा, घर-परिवार की एक-आध बात की फिर उत्तरी दिल्ली स्थित अपने बड़े-से सरकारी आवास को लौट गये।

इस घटना से अनिर्बान कई दिनों तक पूर्ण सकते में रहा। मैं भी थोड़ी सहमी हुई-सी रही।

पर बावजूद इसके कि कुछ समय तक हम दोनों अपने-अपने कमरे में अलग-अलग ठिठके हुए रहे, मेरी तबीयत सुधरने लगी थी। आखिर डॉक्टर से इजाजत लेकर मैं दफ्तर जाने लगी...।

कुछ और समय बाद जब मेरी हालत नोएडा से उत्तरी दिल्ली की भीषण दूरी तय करने लायक हुई तो मैं चाचाजी से मिलने गयी। सारे रास्ते डरती रही। उनके घर के पास वाले बस स्टॉप पर उतरकर थोड़ी देर मैं हिम्मत जुटाती बैठी रही। उस स्टॉप पर खोया हुआ-सा बल्कि भटका हुआ-सा एक आदमी बैठा था। इस बीच कई बसें आयीं-गयीं; उसने उनकी तरफ देखा तक नहीं।

आखिरकार अपने हौसले बुलन्द कर मैं वहाँ से उठी। चाचाजी घर में ही थे, पर वे मुझसे मिलने नहीं आये। मैं घण्टे-भर तक चाचीजी से इधर-उधर की बातें कर बाहर निकल आयी, वापस फिर उसी बस स्टॉप से बस लेने। वह आदमी अब भी उसी मुद्रा में वहाँ बैठा था। पर अब उसके हाथ में बड़ा-सा पोस्टर था, जिस पर बड़े-बड़े अक्षरों में लिखा था, "अपने शहर को प्रदूषण से बचाएँ!"

तालाब कहो या पोखर

"नागचम्पा का फूल देखा है कभी?"

सरिता ने नन्ही सुमिता को थपकियाँ देते हुए पूछा।

सुमिता ने में अपना नन्हा सिर हिलाकर उत्तर दिया—ना, नहीं देखा है। देखा भी कैसे होगा सरिता ने सोचा, कभी नागचम्पा का एक पेड़ सरिता ने देखा था। इस महानगर में कहाँ नागचम्पा?

जितने नये पेड़ देखने को मिलते हैं, सबके सब यूकलिप्टस के। जाने यूकलिप्टस इस मिट्टी की अपनी पैदावार है भी या आयातित है? कोई तो कह रहा था कि यूकलिप्टस आस्ट्रेलिया से आया पेड़ है कि इसकी लकड़ी से माचिस की तीलियाँ बनाई जाती हैं।

तो क्या पेड़ का मूल्य सिर्फ उसकी लकड़ी है? या फिर फल? फूलों का क्या! फूलों का भी तो व्यापार होता है। तो क्या फूलों के खिलने का औचित्य यही है कि उनके गुलदस्ते बनाकर बाजार में बेचे जाएँ? पेड़ों में खिले फूलों का क्या! पेड़ के नीचे झरे फूलों का क्या! कोई है फूल चुननेवाला?

यूकलिप्टस से तो कनेर के पेड़ अच्छे। कनेर का पीला फूल शिव पर चढ़ाया जाता है। और फिर मन्दिर की माला बनाने के बावजूद कनेर के पेड़ में हमेशा फूल लगे रहते हैं। वनैला, पीला फूल।

राजाराम कहता था कि कनेर का फल जहरीला होता है। राजाराम को देखे भी कितने दिन हुए। कभी-कभी फोन उठाता है। पीला तो अमलतास का फूल भी होता है। राजाराम अमलतास के पकौड़े बनाता

था। खट्टे पकौड़े। पर आजकल तो अमलतास का फूल पीला हो ही नहीं पाता। जाने कैसा मरियल रंग-उड़ा सा खिलता है। शायद इस शहर के भयानक प्रदूषण की वजह से। राजाराम तो कहता था कि रजनीगन्धा के भी पकौड़े बनते हैं। पर रजनीगन्धा कहाँ कहता था राजाराम! कहता था गुलशब्बो...।

गुलशब्बो के पकौड़े खाएगी सुमिता? अचानक सरिता को नींद में जाती सुमिता का खयाल आया...नागचम्पा का सवाल पूछकर इतनी लम्बी सोच में डूब गयी सरिता। पर सुमिता नींद में जा चुकी थी। सरिता की बेखबर थपकियों की वजह से नहीं, ट्रेन के हिचकोलों के सौजन्य से। क्या सोते में नागचम्पा का फूल देखेगी आज उसकी बेटी? जिसे हमने पहले कभी नहीं देखा, क्या हम किसी रात उसके सपने देख सकते हैं?

सरिता नें ट्रेन की बन्द खिड़की के शीशे पर अपना हाथ ऐसे रखा जैंसे किसी अस्फुट एहसास को छू रही हो...जैसे शीशे के उस तरफ नागचम्पा के फूल खिलते हों...शीशे पर हल्की भाप-सी जम गयी थी। शायद लगातार हो रही बारिश के कारण। वहाँ तो और भी बारिश होती होगी।

जमाने के बाद जा रही थी सरिता अपने घर। क्या वह सरिता का घर है जहाँ वह जमाने बाद जा रही थी, या वह जहाँ से आ रही थी...? आदमी के कितने घर हो सकते हैं? पर उसके बचपन का तो एक ही घर होता है और बचपन भी एक ही होता है...एक बार फिर उसने सोती हुई सुमिता की ओर देखा। सुमिता वहीं पैदा हुई थी, सरिता के बचपन के घर में, सात महीने तक रही थी, तो क्या सरिता के बचपन का घर सुमिता के भी बचपन का घर है?

रिक्शा जब परिसर में घुसने के लिए दाहिने मुड़ने को हुआ, सरिता ने उचककर ऊपर देखा कि आरा मशीन की खपरैल छत के ऊपर से नारियल के पेड़ों का फल लगा झुरमुट दिखता है या नहीं? प्रश्नवाचक

इसलिए कि उचकने का समय और दृष्टि की स्थिति अनुकूल है या नहीं? पर झुरमुट नहीं दिखा। आरा मशीन की खपरैली छत भी नहीं दिखी।

हतप्रभ होकर सरिता ने रिक्शा रुकवाया, आगे-पीछे, दायें-बायें घुमवाया, पर पेड़ों का जिद्दी झुरमुट नजर नहीं आया। सरिता को लगा कि जो बहुत पुराना मित्र स्टेशन पर लेने आनेवाला था, वह किसी कारणवश नहीं आ सका।

"आरा मशीन की छत कहाँ गयी?" सरिता ने पूछा तो उससे कहा गया कि अभी-अभी तो वह आयी है और आते ही आरा मशीन की खोज में लग गयी! पहले नहाये-धोये, खाये-पिये, यात्रा की थकान उतारे, माँ-बाप का हाल पूछे! आरा मशीन में ऐसी क्या दिलचस्पी? इस अनुत्तरित उत्तर में जब माँ-बाप के हाल का उलाहना भी जुड़ गया तो सरिता को स्थिति और भी सन्दिग्ध लगी। उसने ध्यान किया कि आरा मशीन की छत और नारियल के झुरमुट के बदले जो उसने देखा था वह नयी बनती इमारतों का ढाँचा था।

सोने जाने से पहले उसने फिर से आरा मशीन के बारे में पूछा और कुछ इस स्वर में कि आखिर वो लोग उसे बताना क्यों नहीं चाहते? इस बार उसने प्रश्न चाची को सम्बोधित किया था, माँ को नहीं, हालाँकि प्रश्न के घेरे में सब लोग थे।

सिर्फ नन्ही सुमिता राजाराम के साथ बाहर बरामदे में खेल रही थी। राजाराम की 'सुम्मी, सुम्मी, मटर की छिम्मी' कहकर सुमिता को पुकारने की आवाज अन्दर तक आ रही थी।

सरिता बार-बार सिर्फ आरा मशीन के बारे में ही पूछ रही थी, नागचम्पा के विषय में वह कुछ भी पूछकर जानना नहीं चाहती थी। उसने सोच रखा था कि कल सुबह उजाला होते ही वह टहलने निकलेगी। नागचम्पा के पेड़ के नीचे खड़े होने का एहसास पूछकर जाना नहीं जा सकता।

"आरा मशीन की छत कहाँ गयी?"

"आरा मशीन अब वहाँ नहीं है।"

"नहीं है मतलब? बन्द हो गयी?"

"बन्द हो गयी या कहीं और चलती हो, ये तो पता नहीं पर यहाँ से उठ गयी।"

"और उसके पीछे वाले नारियल के पेड़?"

"काटकर बेच दिये गये।"

"और तालाब?"

"भर दिया गया।"

"और...नागचम्पा?"

"वह भी काट दी गयी, सरिता!"

सरिता जब स्टेशन पर उतरी थी, बारिश नहीं हो रही थी। दो दिनों के बाद थमी थी। सारी शाम थमी रही थी। रात से फिर बरसने लगी थी।

सरिता जब सोकर उठी तो मूसलाधार बारिश हो रही थी। चाची कह रही थीं कि हथिया नक्षत्र है, जम के बरसेगा। हथिया बरसता है तो बरसे, इतने बरस बाद सरिता आयी है, खीर-पूरी बननी चाहिए, आज रात को ही बनेगी।

सरिता के टहलने जाने का न कोई योग था, न प्रयोजन। पर टहलने न जा पाने के कारण सारे दिन उसे घर में कैसा बन्द-बन्द-सा लगता रहा।

लोग उससे इधर-उधर की बातें करते रहे, राजीव के हाल, सुमिता के धीरे-धीरे या अचानक इतने बड़े हो जाने के हाल, भविष्य में सुमिता के स्कूल जाने के हाल, उनके अपने कमर दर्द या पँखुरे में दर्द के हाल, जो यहाँ नहीं हैं और जिनके होने से और भी कितना अच्छा होता, उनके हाल।

सरिता को लगता रहा कि यही सारे हाल हर सप्ताह फोन पर भी कहे और सुने जाते रहे हैं, किसी ने उसे तालाब के भर जाने का हाल क्यों नहीं बताया, जबकि उसे भरे साल भर से ज्यादा हो गया।

हर सप्ताह फोन करते हुए सरिता सोचती थी कि घर से बाहर निकलकर सड़क पार कर आरा मशीन तक जाया जा सकता है और वहाँ से गुजरकर नारियल के पेड़ों के बीच और फिर उनके पार तालाब के किनारे-किनारे चलते हुए नागचम्पा के नीचे। ऐसा नहीं किया जा सकेगा, यह उसने सोचा ही नहीं था।

आखिर फोन पर वही तयशुदा बातें करने का रिवाज क्यों है? सरिता ने पूछा तो सब हँस पड़े।

''तो क्या फोन पर हम तुझे तालाब और पेड़ों के किस्से सुनाते?''

''तालाब बलिगढ़ स्टेट वालों का था। जब तक उनकी मर्जी थी उन्होंने छोड़ रखा था, मर्जी हुई बेच दिया। जमीन का भाव आसमान चढ़ गया, ऐसे में चार-छः कट्ठे में तालाब और नारियल का बगीचा रखकर भला क्या होता? यहाँ जमीन बेची, दिल्ली-बम्बई में कोई गाड़ी बँगला खरीद लिया। सब पैसे के खेल हैं। और इन स्टेट वालों का क्या! इस स्टेट की तथाकथित मालकिन किसी जमाने में इस पूरे इलाके की रानी रही होंगी, उन्होंने दो बेटों के रहते, अपने अन्तिम दिन देवी मन्दिर में गुजारे। जाड़ा, गर्मी, बरसात। कभी उन्हीं के कहने पर उनके पति का बनवाया हुआ मन्दिर था। तो अब तुम सोच लो। पैसा बड़ी बुरी चीज है बेटा!'' चाची कहने को और लम्बी कहानी कह सकती थीं पर ऐसी मूसलाधार बारिश में भूले-भटके कोई सब्जीवाला गुजर रहा था और चाची—''ऐ! बैंगन कैसे हैं? चार रुपये नहीं, तीन रुपये किलो।'' का मोलभाव करती बाहर की ओर चल पड़ीं।

रात को खीर-पूरी के साथ बैंगन की सब्जी बनी।

हथिया नक्षत्र पूरे दम-खम के साथ बरसता रहा।

अगली सुबह सरिता सोकर उठी तो उसने जाना कि हम कितनी गहरी नींद से उठे, उठकर सीधा खड़े नहीं हो जाते, पहले खड़े होनेवाली जमीन को देखते हैं। सरिता ने देखा कि जमीन थी ही नहीं, पानी था।

जमीन थी, पानी के नीचे। तो क्या पानी के नीचे हमेशा जमीन

होती है? क्या जमीन ही आखिरी सच है, पानी सच नहीं? अथांह समुद्र के नीचे भी आखिर जमीन होती है, समुद्री गोताखोर तैरता हुआ उतरता है और समुद्रतल पर खड़ा होकर कहता है कि हाँ समुद्र हमारा हुआ।

लेकिन पानी के नीचे वाली जमीन पर खड़े होने की सरिता की इच्छा नहीं हुई। पर कोई उपाय नहीं था। कमरे में चारों तरफ, कमरे के खुले दरवाजे से बाहर दिखाई दे रहे भीतरी बरामदे में, शायद सारे घर में बित्ता-भर पानी लगा हुआ था। इधर से उधर राह खोजता, नालियों से गुजरता, बरसात का बचा-खुचा भटका हुआ, गँदला- मटमैला पानी।

निरुपाय सरिता ने साड़ी समेटी और दोनों पाँव पनैली जमीन पर खड़े कर दिये। गोलाकार दो लहरें कमरे के स्थिर पानी में डोल गयीं। थोड़ी देर तक सरिता यथास्थान खड़ी धीरे-धीरे पानी का शान्त होना देखती रही। फिर उसमें गम्भीर हलचल मचाती हुई एक कोने की ओर चल पड़ी। सरिता की दोनों चप्पलें कमरे के दो अलग-अलग कोने में शान्तिपूर्वक तैर रही थीं। जब तक दूसरी चप्पल के पास पहुँची तो उसने देखा कि पानी के रंग का एक अत्यन्त छोटा मेढक चप्पल पर इस प्रकार बैठा है मानो तालाब में कमल के पत्ते पर बैठा हो। पानी पर चलकर सरिता ने काफी हिम्मत दिखाई थी, चप्पल पर से मेढक को हटाने की उसकी हिम्मत नहीं हुई, 'राजाराम!'—उसने डर कर पुकारा।

राजाराम घर में घुस़ आये पानी की विभीषिका से कहीं और जूझ रहा होगा, उसने सुना नहीं। 'राजाराम!' सरिता ने दुबारा पुकारा।

जो कोई भी, जहाँ भी, जो कुछ भी कर रहा था उसमें पानी का शोर मिला हुआ था, सारे घर में पानी की आवाज का अवरोध था।

"राजाराम, राज़ाराम!" सरिता ने चिल्लाकर पुकारा।

राजाराम पानी के छींटे उड़ाता इतने वेग से दौड़ता आया कि चप्पल पर आसीन मेढक अपने आप घबराकर कहीं पानी में विलुप्त हो गया।

"पानी रात को बारह बजे के बाद कभी घुसा होगा," राजाराम ने कहा क्योंकि बारह बजे तो वह उठा था और पानी नहीं था, जमीन सूखी

थी। पानी मोहल्ले के सारे घरों में घुस आया था, सिर्फ नये बने घरों को छोड़कर। इन नये बने घरों की ही तो सारी समस्या थी। ये घर इतनी मिट्टी भरकर इतने ऊँचे बने हैं कि बाकी का सारा मोहल्ला नीचा पड़ गया है। पर असल समस्या तो यह है कि ये घर तालाब को भरकर बने हैं। जो पानी पहले तालाब में लुढ़क जाता था वह अब घरों के अन्दर फैल रहा है। जमीन आखिर कितना पानी सोख सकती है! और खाली जमीन भी कितनी बची है? नाली तो पहले से इतनी भरी हुई है कि इस बाढ़ के साथ कुछ बाहर निकाल सकती है, पानी जज्ब नहीं कर सकती। तो आखिर इस भारी बरसात का बेचारा पानी जाए तो कहाँ जाए, पानी को भी तो जाने और ठहरने के लिए कोई जगह होनी चाहिए, चाहिए कि नहीं? राजाराम ने बोलते-बोलते सवाल तो किया पर ऐसे कि जैसे जवाब जगत जाहिर हो। "हाँ चाहिए।" सरिता ने राजाराम के पीछे-पीछे पानी में चलते हुए कहा। सचमुच सरिता ने सोचा पानी के रुकने और ठहरने के लिए कोई और जगह होनी चाहिए, लोगों का रसोईघर नहीं। पानी का गहरा ठहराव, वही तो था वह तालाब या कोई भी झील या पोखर, वह चाहे कितना भी प्रिय हो, उसका यूँ घरों में घुस आना जरा भी प्रिय नहीं।

राजाराम के पीछे-पीछे चलती सरिता रसोईघर में आ खड़ी हुई थी। राजाराम चाय के लिए पूछ रहा था।

रात हो रही बारिश के कारण सब लोगों ने अपनी जूठी थाली आँगन में नल के नीचे रखने के बजाय रसोईघर में ही रख छोड़ी थी। सबकी जूठी थालियाँ रसोईघर के फर्श पर कागज के नाव की तरह तैर रही थीं। सरिता ने उनमें से अपनी थाली पहचानी। उसे अब कुछ खाना-पीना नहीं, सरिता ने विरक्त होकर राजाराम से कहा और रसोईघर से बाहर निकल आयी।

माँ अपने कमरे में एक चौकी पर पुराने अटैची सन्दूक खोल-खोलकर सामान बिखेर रही थीं। सन्दूक नीचे रखे हुए थे। उनमें पानी घुस गया था, सामान गीले हो गये थे, माँ उन्हें सुखाने में लगी हुई थीं।

पुराने स्वेटर, शॉल, कपड़े, लौंग की पोटली, नीम के पत्ते। उनमें सरिता के बचपन का एक पुराना स्वेटर भी था जिसपर सफेद रंग का एक टेढ़ा खरगोश बना हुआ था।

अचानक सरिता को सुमिता का ध्यान आया। चिन्तित होकर उसे पुकारती हुई वह उठकर चली तो माँ ने कहा कि वह बाहर पड़ोस के बच्चों के साथ खेल रही है। इस पानी में क्या खेल रही है? सोचती हुई सरिता बाहर के बरामदे में पहुँची तो देखा कि सुमिता पूरी शक्ति लगाकर पानी में कुछ इस प्रकार उछल रही है थी छींटे बाल तक को भिगा रहे थे। 'सुमिता!' सरिता ने उसे डाँटना आरम्भ किया। डाँट का मुख्य आशय यह था कि इस पानी में नाली की गन्दगी, जाने कहाँ की क्या सड़ाँध और बीमारी मिली हुई है और सब कुछ, कुछ इस प्रकार कहा गया था मानो सुमिता का इसमें कोई हाथ हो।

"अरे, उसे क्यों डाँट रही है? बच्चे तो खेलेंगे ही। न खेलें तो क्या तेरी तरह मुँह लटकाकर फिरें? खेलने दे, मैं उसे बाद में डेटॉलवाले पानी से नहला दूँगी।" चाची ने हस्तक्षेप किया। वे नीचे बगीचे में छाता लगाये घुटने-भर पानी में खड़ी पूजा के फूल तोड़ रही थीं। उनकी मुख्य चिन्ता यह थी कि घर से तो पानी तीन या चार दिन में निकल जाएगा, पर बगीचे में डेढ़-दो सप्ताह तक जमा रहेगा और फूल के सारे पौधे मर जाएँगे।

तीन-चार दिन! सरिता को लगा कि घोर निराशा के सघन बादल उसके ऊपर घनीभूत हो गये हैं। तो क्या तीन-चार दिनों तक ऐसे ही पानी में रहना, खाना-पीना, सोना और जागना होगा?

चाची का प्रश्रय पाकर सुमिता की उछाल और भी शक्ति-प्रदर्शन करने लगी। ठीक बगलवाले मकान के बंग-भाषी परिवार की दोनों बच्चियाँ भी सुमिता के साथ उछल रही थीं। हरे रंग का एक फतिंगा, जिसे सुमिता की जानकारी में 'रामजी का घोड़ा' कहते थे, कहीं से उड़कर पानी की सतह पर आ बैठा था। फतिंगा इतना हल्का था कि उसके डूबने का भय नहीं थी, उसके तैरने की भी आवश्यकता नहीं थी,

वह जल की सतह पर निर्विकार बैठा था। सरिता उलझन में थी कि बस एक हमारी ही प्रजाति है जो ज़रा-सी तरलता में धँस जाती है।

फतिंगे को सम्बोधित कर दोनों बंग-भाषी बच्चियाँ गा रही थीं—

'गंगाफोरिन, गंगाफोरिन, गंगा ते कोतो जल?'

पर जवाब देने की बजाए गंगाफोरिन वैसा ही निर्विकार बैठा था।

दोनों बच्चियों की देखा-देखी सुमिता भी उछल-उछलकर गा रही थी—

'गंगाफोरिन, गंगाफोरिन, गंगा ते कोतो जल?'

पर गंगाफोरिन जवाब कैसे देता? गंगा में कितना जल है यह जानने के लिए जल की सतह के नीचे उतरना होगा, तैरना होगा, डूबना होगा, धँसना होगा। बिना जल में उतरे कैसे पता चले कि कहाँ जल है, कहाँ कीचड़?

बिना दिन की शुरुआत किये कैसे पता चलेगा कि दिन कैसा बीतेगा? तीन-चार दिन सिर्फ दिन बीतने की प्रतीक्षा में तो नहीं बिताये जा सकते।

"तो उठो सरिता गँदले, पनैले दिन की शुरुआत करो।" सरिता ने अपनी खिल्ली-सी उड़ाते हुए आनेवाले दिनों के लिए खुद को तैयार किया।

राजाराम की बनायी चाय और अपने बेतुके खयालों को घण्टे-भर तक पकड़ने के बाद (यहाँ आखिर वह जिम्मेदारियों से मुक्त है) जब सरिता पुनः लोगों के बीच प्रस्तुत हुई तो चाची अपने कथनानुसार सुमिता को स्नान करवा रही थीं। अल्युमीनियम के एक बड़े से भगोने में सुमिता खड़ी थी और चाची डेटॉल मिले गरम पानी से उसे नहला रही थीं। अल्युमीनियम का भगोना नन्ही सुमिता का नन्हा-सा भार लिये जल पर डोल रहा था और उसमें डोलती हुई सुमिता गा रही थी—

'गंगाफोरिन, गंगाफोरिन गंगा ते कोतो जल?'

सरिता की अकस्मात इच्छा हुई कि वह भी किसी भगोने में यों

डोलती हुई गा सके। पर भगोना उसका भार लेकर आप्लावित नहीं रह पाएगा। शायद किसी बड़ी-सी नाव पर...

पानी लगे रसोईघर में दिन का पूरा खाना तैयार हो चुका था। जूठी थालियाँ फिर से जूठी करने के लिए धोयी गयी थीं।

ठीक वक्त पर दिन का खाना हुआ, शाम की चाय पी गयी और रात्रि-भोजन भी किया गया। रात को सोने के लिए बिस्तर पर लेटी सरिता ने सोचा कि क्या ऐसा नहीं हो सकता कि रातभर में जिस तरह पानी अन्दर आया था, वैसे ही बाहर चला जाए? दरवाजे के नीचे से सबके सोते हुए में, चुपचाप, कैसे भी, जादू से।

पर अगली सुबह सरिता ने देखा पानी वहीं का वहीं था। बल्कि अब बित्ते भर की जगह दो बित्ता ऊँचा हो गया था।

आज का दिन दूसरा दिन था। नाश्ते के बाद पिताजी ने कहा कि वे बाहर निकल कर स्थिति का जायजा लेना चाहते हैं। जायजा लेने में सहायता के लिए उन्होंने एक लाठी अपने पास रखी। सरिता दरवाजे पर खड़ी होकर उन्हें बाहर जाते देखती रही। अपना हर कदम बढ़ाने से पहले लाठी बढ़ाकर वे सड़क के भीमकाय गड्ढों का अन्दाज करते थे।

चाची फिर से छाता लगाये पूजा के लिए बचे-खुचे फूल तोड़ने पहुँचीं। बगीचे का पानी आज उनके घुटनों से ऊपर जाँघ तक पहुँच रहा था।

न जाने कितने दिनों तक पानी ऐसे बरसेगा! जब तक बरसेगा, घर से उसके निकलने का सवाल नहीं।

भोजन का समय होने से पहले पिताजी लाठी समेत लौट आये। घर के तमाम सदस्य उनके द्वारा तमाम स्थिति का आकलन सुनने के लिए एकत्र हो गये। नये बने मकानों को छोड़कर सबकी यही हालत है, यह सुनकर सबको सन्तोष हुआ। आगे झोंपड़पट्टी वाले मोहल्ले की दयनीय दशा है। मिट्टी कीचड़ हो गयी है। कई झोंपड़ियों की फूस गलकर बह गयी है। लोगों के पास खाना बनाने के लिए कोई सूखी जगह नहीं है,

कहीं किसी चबूतरे पर लोग इकट्ठे खाना बना रहे हैं।

दूसरी गली में तो एक दर्दनाक दुर्घटना घट चुकी है। गली के दूसरे-तीसरे मकान में किराये पर पास के गाँव का कोई लड़का रहता था। यहाँ यूनिवर्सिटी में पढ़ता था, फिजिक्स में एम. एस-सी. कर रहा था। उसके घर के सामनेवाले बिजली के खम्भे से एक तार टूटकर पानी में गिरा हुआ था। वह मुँह धोता बाहर आया और यह देखने के लिए कि पानी में करण्ट है या नहीं, पास की आखिरी सीढ़ी तक आया और फिर उसने जोर से मुँह का पानी तार की दिशा में फेंका। करण्ट था और इतना ज्यादा था कि पलक झपकते वह पानी में खींच लिया गया और बस खतम। क्या? पहले तो किसी को विश्वास नहीं हुआ । कहाँ सीढ़ी पर खड़ा एक नौजवान और कहाँ पानी में गिरा तार, मतलब उसने तो तार को छुआ तक नहीं। नहीं, छूने की आवश्यकता ही नहीं पड़ी। मुँह से पानी फेंकने का सम्पर्क ही जरूरत से ज्यादा था।

''बिजली तो बिजली है।''—पिताजी ने कुछ इस अन्दाज में कहा जैसे सबने बिजली का अर्थ सिर्फ जलती हुई रंगीन लट्टुओं की लड़ी लगा लिया हो—''आसमान में कड़कती बिजली की ताकत का अन्दाजा लगाना मुश्किल है।''

पिताजी की यह आवाज सारी दोपहर, सारी शाम सरिता के अन्दर चक्कर काटती रही। कई बार उसने खिड़की से झाँककर बाहर देखा कि कहीं आसमान में बिजली तो नहीं कड़क रही?

देर शाम को बारिश थोड़ी हल्की हुई। राजाराम ने कहा कि बादल छँट रहे हैं, कल तक शायद आसमान साफ हो और बारिश थम जाए। सरिता सोने गयी तो उसे बारिश थमने के बाद के साफ आसमान में बिजली कड़कने का डर लगता रहा। फिर उसे लगा कि धीरे-धीरे इस डर का भी अभ्यास हो जाएगा।

कल रात तक शायद पानी घरों से बाहर चला जाय। जिनके घर पानी में बह गये हैं, उन्हें कर्ज लेकर दुबारा बनाया जा सकेगा। बेशक

कर्ज सालों तक बना रहेगा। जो चले गये हैं, वे वापस नहीं आ सकते। जो तालाब भर दिया गया है, जहाँ घर बनाये जा चुके हैं, उस जगह को फिर से तालाब नहीं किया जा सकता। और नागचम्पा का जो वह विराट विशाल पेड़ काट दिया गया है, पता नहीं फिर से लगाया जा सकता है या नहीं। पता नहीं इस शहर में या पास-पड़ोस के किसी शहर में नागचम्पा का एक भी पेड़ है या नहीं। पर धीरे-धीरे सब कुछ का अभ्यास हो जाएगा। नागचम्पा के कहीं न होने का भी अभ्यास हो जाएगा।

छप! अचानक कमरे में लगे पानी में किसी जीव के उछलने की आवाज हुई। गँदले रंग वाला नन्हा मेढक कहीं जाता होगा, सरिता ने सोचा।

कहानी का सच

नीरज ने टेलीविजन कुछ ऐसे बन्द किया जैसे सामने बैठे किसी आदमी को रिमोट से चुप कर रहा हो। फिर वह देर तक अपने कमरे के अँधेरे में मुस्कुराता रहा। वह तृप्ति की मुस्कुराहट नहीं थी, न उसमें हिकारत थी। ये वो मुस्कुराहट थी, जो उस सैनिक के चेहरे पर होती है जब वह तय कर लेता है कि सारी लड़ाई से वह तंग आ चुका है और कल मोर्चे पर सबसे आगे लड़ेगा।

हर रात खास खबरें जेल जाते और जेल से छूटते मिनिस्टरों की ही होती हैं। इसके अलावा टूटती पार्टियों और नेताओं के ऐलान की खबरें भी जैसे बस यही हो रहा हो बताने लायक! और हमारे इर्द-गिर्द हर रोज जो जरा-जरा सा हो रहा है—एक अजीब सा विघटन, क्या वह आम खबर है? "इसमें खबर क्या है?" "न्यूज?" उसे सुबह की ब्यूरो मीटिंग याद हो आयी और उसकी मुस्कुराहट का भाव कुछ बदल-सा गया।

एक बार फिर उसने खुद को कुछ न सोचने की हिदायत दी और सोने की कोशिश करने लगा। बिस्तर की बगल में अखबार के पुलिन्दे टेबुल फैन की हवा में फड़फड़ा रहे थे। लेकिन समस्या इस आवाज़ की नहीं थी। समस्या थी, टेबुल फ़ैन मई की दमघोंटू गर्मी को कमरे से बाहर निकालने की बजाय अन्दर ही घुमा रहा था। दिल्ली में मई का महीना

बहुत बुरा होता है। इसके लिए ऑफिस का ए.सी. ही ठीक है। अपने ब्यूरो चीफ के घर में भी शायद ए.सी. हो। क्यों श्रीधर के घर में भी है। ये एम.बी.ए. वाले और कुछ हासिल करें न करें पैसा खूब कमा लेते हैं। तभी तो श्रीधर कहा करता था कि एक एण्ट्रेंस क्लियर यानी जिन्दगी बन गयी। जिन दिनों श्रीधर इस इम्तिहान की तैयारी कर रहा था वह तुर्गनेव के उपन्यास पढ़ रहा था। एक रूसी लेखक, जिसके एक उपन्यास का नायक एक बल्गार क्रान्तिकारी था। क्या नाम था उसका? उसकी उस रूसी प्रेमिका का नाम था येलेना...

लाइट, कैमरा, माइक, कैमरामैन और नीरज को लेकर वैन ठीक सुबह के दस बजे चाँदनी चौक पहुँची। नीरज ने ड्राइवर से कहा, "यहाँ से सीधा लो, कटरा नील से आगे बायीं तरफ का रास्ता बल्लीमारान जाता है।" ड्राइवर का हाथ बराबर हॉर्न पर था। वैन खोमचेवालों और रिक्शावालों को हटाती हुई एक-एक कदम आगे बढ़ रही थी। बायीं तरफ गली के मोड़ पर पहुँचकर नीरज ने खिड़की से सिर बाहर निकाला—"ये गली बल्लीमारान को जाएगी?"

"आप क्या ग़ालिब के घर जाएँगे?" दुकान पर बैठे बूढ़े ने सवाल किया।

"ऐसे बोल रहा है जैसे ग़ालिब वहाँ बैठे मिल जाएँगे।" कैमरामैन जोर से हँसने लगा।

"जी नहीं," नीरज बोला, "वहाँ एक यूनानी दवाखाना..."

"वहाँ अब कोई नहीं बैठता जनाब! दिल्ली का सबसे मशहूर दवाखाना था, जाने क्या हो गया।"

"वही पता करने तो मैं आया हूँ।" नीरज ने जैसे कोई वादा दुहराया। वैन गली में मुड़ गयी।

गली के अन्तिम छोर पर पुरानी दो-मंजिली इमारत थी। नीरज ने उसकी एक ढहती दीवार पर खतरे का साइन बोर्ड पहले देखा, हकीमी

दवाखाना बाद में। ऊपरी मंजिल पर खुदा था—'हकीमी दवाखाना 1910'।

"बॉस, एक ऊपर का शॉट ले लेता हूँ।" कैमरामैन कैमरा ऑन कर चुका था। नीरज अन्दर दाखिल हुआ। अँधेरा, धूल और सीधे अन्दर जाने पर जंग लगी मशीनें, आँगन में बोतलों का ढेर, ऊपर जाने लायक रोशनी नहीं थी। बाहर कैमरामैन के इर्द-गिर्द लोगों की भीड़ लग चुकी थी। नीरज के निकलते ही उन्होंने पूछा, "आप क्या टेलीविजन से आये हैं?"

"देखिए जनाब, क्या हालत है, इतनी सँकरी गली और ये दीवार ढह रही है। अगर ये बच्चों पर गिर गयी तो क्या होगा?"

"मैंने इस दवाखाने के लिए बहुत दौड़-धूप की है। सरकार को कितनी चिट्ठियाँ लिखीं। मेरे पास सबकी फोटोकॉपी है। ये देखिए!"

नीरज एक-एक चिट्ठी उलटने लगा। डेढ़ मिनट लम्बी कहानी में वह कहाँ से ये सब ले पाएगा। उसे तो बस असल कहानी चाहिए, यह विघटन कैसे हुआ? उसने चिट्ठियाँ वापस बढ़ायीं।

"आप मेरा इण्टरव्यू लेंगे?"

नीरज को बोलने में थोड़ी तकलीफ हुई। गला साफ करके उसने पूछा, "हकीम साहब, जिन्होंने ये दवाखाना कायम किया, उनके कोई वारिस।"

चिट्ठी वाले आदमी ने कहा, "वो सब तो बँटवारे के समय पाकिस्तान चले गये।"

"उनके कोई रिश्तेदार?"

"दूर के हैं, लेकिन वो तो बड़े रईस हैं, जनाब!" चिट्ठीवाला आदमी मुस्कुराया—"अब तक सो रहे होंगे। आप बेशक देख लें।"

दरवाजा एकदम जीने पर बन्द था। नीचे से टेरेस गार्डेन दिखता था। नौकर ने दरवाजा खोला। नीरज ने कार्ड दिया। नौकर इस बार बड़ी इज्जत से अन्दर ले गया। बातचीत शुरू हुई। सोफे पर बैठे पठान से

दिखनेवाले सज्जन कह रहे थे, "इस दवाखाने की कहानी हमारे खानदान की कहानी है। हम पठान हैं, बाबर के मुरीद थे। बाबर जब हिन्दुस्तान आया, हमें भी लिवा लाया।" लम्बी कहानी थी।

"खानदान में सब हकीम थे। लेकिन कोई हकीमी दवाखाना नहीं था। 1910 में पहली बार हकीम साहब ने इस दवाखाने की नींव रखी। जाकिर हुसैन साहब, दिल्ली के गवर्नर, सारे अमीर उमरा आये थे। क्या रुतबा था।"

"बँटवारे के बाद हकीम साहब के बेटे पाकिस्तान चले गये। दवाखाने को सरकार ने अपनी देख-रेख में ले लिया। सलाह के लिए एक बोर्ड ऑफ ट्रस्टीज बनाया। लेकिन असल ताकत सरकार ने अपने हाथ में रखी। मेरे वाल्देन भी बोर्ड में थे, लेकिन अपनी कोशिशों के बावजूद दवाखाने को बचा नहीं सके।"

"दवाखाने से जुड़ा एक कॉलेज भी तो है?"

"हाँ, लेकिन वहाँ से आपको कुछ मालूम नहीं होगा।"

"बहुत-बहुत धन्यवाद। कॉलेज करोलबाग में है। अभी सीधे वहाँ चलेंगे।" चाँदनी चौक से करोलबाग के रास्ते में नीरज उस लम्बी कहानी को निचोड़ता रहा।

कॉलेज का प्रिन्सिपल काफी आनाकानी के बाद बातचीत के लिए तैयार हुआ। बाहर उसका सेक्रेटरी दवाखाने के बारे में बताता रहा। आखिर में उसने आहिस्ता से कहा, "उन लोगों ने बड़ा पैसा खाया।"

"किन लोगों ने।"

"वही जो वहाँ रहते हैं।"

कॉलेज के प्रिन्सिपल ने भी एक ऐतिहासिक कहानी सुनायी। लेकिन इस कहानी में असल ताकत बोर्ड के पास थी। सरकार सिर्फ निगरानी रख सकती थी।—"अब जाकर सरकार ने पूरी चीज अपने कब्जे में ली है।"

"कॉलेज अब सरकार की देखरेख में है?"

"बिल्कुल, देखिए कॉलेज कितनी अच्छी तरह चल रहा है। दवाखाने से अलग। आइए मैं आपको कॉलेज दिखाता हूँ।"

चलते-चलते प्रिन्सिपल ने कहा, "आप अपनी रिपोर्ट में सरकार की तारीफ कीजिएगा। उससे हमें फायदा होगा।"

नीरज कॉलेज से निकला तो शाम के पाँच बज रहे थे—"सीधा ऑफिस।" रास्ते भर वह सोचता रहा कि किसने कब क्या किया? खैर, डेढ़ मिनट लम्बी रिपोर्ट में वह सिर्फ इतना बता पाएगा कि दवाखाना कब बना, कब किसके अधीन रहा और अब उसकी क्या हालत है। "निर्णय देखनेवालों पर छोड़ो," नीरज के प्रोफेसर कहा करते थे। जल्दी-जल्दी काट-छाँटकर रिपोर्ट नौ बजे की बुलेटिन के लिए तैयार हुई।

चीफ प्रोड्यूसर हेडलाइन्स देख रहे थे। उन्होंने पूछा, "आज आखिर का फीचर क्या है?"

"नीरज दवाखाने पर कुछ करके लाया है।" प्रोड्यूसर ने कहा।

"नीरज!" चीफ ने आवाज लगायी—"कहानी क्या है?"

"सर, दिल्ली का सबसे बड़ा हकीमी दवाखाना आज किस बदहाली में है।"

"ड्रॉप करो, अरे यार, आज, इतनी राजनीतिक खबरें हैं, बुलेटिन बड़ा भारी हो रहा है, कोई चटपटा फीचर लगाओ, अंशु करके लायी है फैशन शो, वो लगाओ।"

सीढ़ियाँ उतरते हुए चीफ नीरज को समझाने लगे—"देखो नीरज, आयुर्वेद, हकीमी इन सबकी बुरी हालत हो रही है। पर ये खबर नहीं है। ये लम्बे समय से धीरे-धीरे हो रहा है। मान लो, अगर यह इमारत ढह जाए और दो बच्चे मर जाएँ, तो वो खबर है।"

चीफ ने नीरज की पीठ थपथपायी और अपनी एस्टीम का दरवाजा खोला।

नीरज उन्हें जाते देखता रहा, फिर बस स्टॉप पर आकर खड़ा हो गया। घर पहुँचकर उसे ध्यान आया, गुस्से में उसने ढाबे से खाना नहीं खरीदा। चलो आज चाय-बिस्कुट हो जाए। सामने मिसेज गुप्ता के यहाँ से थोड़ा दूध माँग लिया जाए। दरवाजा मिसेज गुप्ता ने ही खोला, सामने मिस्टर गुप्ता बड़े ध्यान से टेलीविजन देख रहे थे—"आखिर में खास खबरों पर एक नजर।"

बहुत साल बाद

जब मैंने उन्हें पहली बार देखा था तो वे रिक्शे में कहीं जा रही थीं। स्लेटी जैसे किसी रंग की साड़ी उन्होंने बड़े सलीके से पहन रखी थी। वैसे नहीं जैसे 'भारत-दर्शन' को आईं अधिकांश विदेशिनियाँ टखने से ऊपर तक साड़ी बाँध इधर-उधर भटकती दिखाई देती हैं। वह ठीक स्लेटी रंग भी नहीं था, वह स्लेटी, भूरे और नीले के बीच का कोई अनाम रंग था।

रिश्तों की तरह रंग निरन्तर नये बनते हैं और यह सम्भव नहीं कि एक बार ही हमेशा के लिए रिश्तों और रंगों को चिह्नित करके उनके नाम दे दिये जाएँ।

बहरहाल, वह रंग उन रंगों में से था जिनके विषय में मौसी बड़े आत्मविश्वास से कहती हैं—'इंग्लिश कलर्स'...आत्मविश्वास इसलिए क्योंकि वे अँग्रेजी में एम. ए. हैं, बल्कि अँग्रेजी पढ़ाती भी हैं। जिस कॉलेज में मौसी अँग्रेजी पढ़ाती हैं, बल्कि पढ़ाती थीं, उसमें अँग्रेजी विभाग की विभागाध्यक्ष थीं मिसेज हस, बहुत साल पहले।

लेकिन तब मुझे यह बात समझ नहीं आती थी कि रंग तो रंग हैं, वे 'इंग्लिश' या 'हिन्दी' कैसे हो सकते हैं?

तब मुझे यह भी पता नहीं था कि गायों की तरह आदमी की भी नस्लें होती हैं। जैसे गाय देशी या जरसी या फिर और किसी विलायती नस्ल की होती है वैसे ही आदमी भी गोरी, काली, भूरी या पीली नस्ल

के होते हैं। मुझे लगता था कि गोरा या भूरा आदमी का रंग हो सकता है, उसकी नस्ल क्योंकर होने लगी?

मिसेज हस बेहद गोरी थीं। उनके गोरे रंग का वर्णन कई उपमाएँ देकर करने की कोशिश की जा सकती है, पर कोई भी उपमा देना बेकार है। मिसेज हस ऐसी ही गोरी थीं। उन्हें देखने के बाद कुछ बहुत उजला-उजला देखने का एहसास मेरे साथ काफी समय तक बना रहा था। ये तो बहुत बाद में पढ़ा कि 'गौर वर्ण में जो एक इत्र की-सी खुशबू होती है...'

गोरे रंग से मेरी कोई जातीय दुश्मनी नहीं थी। नस्लगत भी नहीं, क्योंकि नस्ल मैं समझती ही नहीं थी।

इतना मुझे पता था कि मिसेज हस मेम हैं। मेम यानी अँग्रेज साहबों की बीवी। अँग्रेज यानी बीती हुई सरकार, गोरी सरकार। देश में जबर्दस्ती घुस आयी देश पर जुल्म ढाने वाली अनैतिक गोरी सरकार।

फिर भी मुझे मिसेज हस के गोरे रंग की खूबसूरती से कोई परहेज नहीं था। मुझे उनके गोरे रंग पर कोई आपत्ति नहीं थी। मुझे किसी के गोरे रंग पर कोई आपत्ति नहीं थी।

मैंने गोरी सरकार देखी नहीं थी। मैंने न गुलामी देखी थी, न आजादी देखी।

मेरे नानाजी हर वक्त मुझसे कहा करते थे कि मैं बहुत सौभाग्यशाली हूँ, मेरा जन्म ही आजाद भारत में हुआ। उनकी यह बात तो मेरी समझ में बिल्कुल ही नहीं आती थी।

मैंने शुरू से ही भूरी सरकार देखी थी। और इस भूरी सरकार के राज्यकाल में हम जैसों क्या किसी को भी मैं कष्ट ही उठाते देखती थी। सरकारी अस्पताल में डॉक्टर को दिखाने, अथवा एक टेलीफोन का कनेक्शन पाने बल्कि यहाँ तक कि खाना बनानेवाली गैस का नम्बर लगाने के लिए या तो सम्बद्ध व्यक्ति को पैसे देने होते थे जिसे लोग

'रिश्वत' कहते थे या फिर किसी उच्च पदाधिकारी से सिफारिश करवानी पड़ती थी।

मैं यह नहीं समझ पाती थी कि यदि यह स्वतन्त्रता थी तो गुलामी कैसी होगी? यदि भूरी सरकार के राज्यकाल में ऐसा संकट था तो गोरी सरकार के राज्यकाल में क्या कहर टूटता होगा?

लेकिन गोरी सरकार विदेशी सरकार थी और आखिरकार यह वह आन्दोलन चलाकर हमने उसे देश निकाला दे दिया। पर अपनों की इस भ्रष्ट भूरी सरकार से कैसे निजात पायी जा सकती है?

और अपने ही देशवासियों की सरकार द्वारा प्रताड़ित होना क्या विदेशी सरकार द्वारा प्रताड़ित होने से अधिक लज्जाजनक नहीं है?

फिर भी नानाजी थे कि हर वक्त देश के स्वतन्त्र होने की प्रसन्नता से फूले नहीं समाते थे।

लेकिन आखिरकार स्वतन्त्र देश की कोर्ट-कचहरी, ब्लॉक ऑफिस और तहसीलदार की ऑफिस में अपनी स्वतन्त्रता सेनानी की हैसियत पक्की करवाने और उस एवज में रेलवे पास लेने के लिए वे दौड़ते-दौड़ते थक गये। और आखिरकार जब बिना किसी घूस-घास, कोशिश पैरवी के वे स्वतन्त्रता सेनानी घोषित नहीं हो सके, तो एक दिन हार्ट अटैक से मर गये।

अपना हृदय भग्न होने यानी कि दिल का दौरा पड़ने से पहले, जब वे लगभग हर सुबह भक्ति भाव से स्वतन्त्रता संग्राम का इतिहास मुझे पढ़ाते थे, तब उन्होंने ही कभी बताया था कि अँग्रेजी राज के दौरान राजधानी दिल्ली में अँग्रेज राजा जॉर्ज पंचम की प्रतिमा स्थापित की गयी थी। जब देश स्वतन्त्र हुआ तो प्रतिमा हटा दी गयी। उसके बदले शायद जवाहरलाल नेहरू की प्रतिमा लगायी गयी हो!

पर उससे कोई फर्क पड़ता है क्या? बेघर लोग जो पहले जॉर्ज पंचम की मूर्ति के नीचे सोते थे, अब जवाहरलाल नेहरू की मूर्ति के नीचे

सोया करेंगे। उन्हें क्या फर्क पड़ता है मूर्ति किसकी है?

मैंने सोचा था, पर नानाजी सरकारी अफसरों के दुर्व्यवहार से पहले ही बहुत मायूस रहा करते थे, इसलिए मैंने उनसे कुछ भी नहीं कहा।

यह सब बहुत पहले की, मेरे बहुत बचपन की बात है।

उस दिन जो मिसेज हस को रिक्शे पर देखा था, उसके बाद से फिर कभी नहीं देखा।

वे दिखी ही नहीं। और उन्हें देखने जाने के लिए उनसे मिलने जाने का साहस मुझे नहीं हुआ। एक बहुत लम्बा समय गुजर गया। मिसेज हस को देखे भी और देश को आजाद हुए भी।

आजादी के इतने सालों में हमारी अपनी भूरी सरकार की दया-दृष्टि इस छोटे शहर पर नहीं पड़ी लगती थी। शहर में कोई बहुत गरिमामय शिक्षण-संस्थान नहीं थे। जो सरकारी शिक्षण संस्थान थे, वे बाकी के सरकारी तन्त्र की ही तरह भ्रष्ट हो चुके थे, या शायद शुरू से ही भ्रष्ट थे। परिणामस्वरूप, अच्छी शिक्षा की तलाश में मुझे शहर से बाहर पढ़ने भेज दिया गया। और फिर तो यह या वह अधिक फायदेमन्द डिग्री अर्जित करने और फिर डिग्रियों का पोथा उठाये यह या वह नौकरी ढूँढ़ने के सिलसिले में मेरी इस शहर से उस शहर की भटकन शुरू हो गयी।

इस सारी भटकन के बीच-बीच मैं इस शहर में लौटती रही। जितने भी शहर मैंने देखे, छोटे या बड़े, उन सबको देखकर यही लगा कि भूरी सरकार की दया-दृष्टि तो यहाँ भी नहीं पड़ी।

पर अपने शहर लौटकर तो यह लगता रहा कि यह तो सरकार की दृष्टि से सदा के लिए ओझल ही हो गया है।

इस बार जब मैं शहर के स्टेशन पर उतरी तो प्लेटफॉर्म से भी भयानक हंगामे की तरह कुछ सफाई कार्य, जो कि सरकारी भाषा में विकास कार्य का हिस्सा है, होता दिखाई दिया।

नीचे चीकट यूनिफॉर्म में कुछ मेहतर प्लेटफार्म पर झाड़ू लगा रहे थे और उनके पीछे कुछ मेहतरों का झुण्ड फिनायल मिश्रित पानी का छिड़काव-सा करता चल रहा था। उनके भी पीछे प्लेटफॉर्म पर ही जनमे लावारिस बच्चों का हुजूम शोर मचाता हुआ समूची घटना का हिस्सा बना हुआ था। यह वास्तव में एक घटना थी।

मुझे लग रहा था कि मैं पहली बार इस शहर के स्टेशन पर झाड़ू लगते देख रही थी। सम्भव है कि आजादी के बाद यहाँ पहली बार झाड़ू लग रही हो। इस तरह की अकस्मात् अचम्भित कर देने वाली झाड़ू से प्लेटफॉर्म की जमीन पर मक्खियों का स्थायी आच्छादन तितर-बितर हो गया था। मक्खियाँ झाड़ू लगाते मेहतरों से दो इंच आगे और एक इंच ऊपर सघन काली घटा की तरह भन्नाती हुई उड़ रही थीं। काले रंग का एक बड़ा-सा चलायमान धब्बा दूर से ही नजर आ रहा था। फिनायल की गन्ध प्लेटफॉर्म की स्थायी दुर्गन्ध के साथ मिलकर एक विचित्र उबकाई पैदा करनेवाली हवा को जन्म दे रही थी।

विशाल जन समुदाय की उस रेलमपेल में खुद को धक्के खाने से बचाने का संघर्ष करती हुई, आखिरकार जब मैं स्टेशन से बाहर निकली तो विकास कार्य के दूसरे चरण से मेरा साक्षात्कार हुआ।

सड़क के नाम पर जो कालिमा दैत्याकार गड्ढों के इर्द-गिर्द बिछी हुई थी उसकी मरम्मत का काम चल रहा था। मरम्मत के नाम पर काले गोंद जैसा कोई गरम घोल रिक्त कोटरों में डाला जा रहा था। चूँकि रिक्त स्थान ही अधिक थे, इसलिए समूची सड़क की मरम्मत चल रही थी। हालाँकि उस गरम काली चिपचिपाहट में ईंट या गिट्टी या और भी किसी पुख्ता चीज की सम्पूर्ण गैरहाजिरी लग रही थी।

सड़क यहाँ बनती ही कुछ इस अन्दाज में थी कि एक साल की बरसात भी न झेल सके। सड़क फौरन ही धूल भरे गड्ढों में तब्दील हो जाती थी और फिर सड़क बनाने का कॉण्ट्रैक्ट किसी न किसी को मिलना

अवश्यम्भावी हो जाता था। इसलिए यहाँ अच्छी या खराब तो दूर, सड़क ही नहीं होती थी, सिर्फ सड़क बनाने का कॉण्ट्रैक्ट होता था।

फिलहाल सड़क मरम्मत के कारण सारा ट्रैफिक अस्तव्यस्त था। स्टेशन से घर का आधे घण्टे का रास्ता मैं दो घण्टे में तय करके जब पहुँची तो मैंने पूछा कि यह हंगामा क्या है?

"पार्क बन रहा है, पार्क के उद्घाटन के लिए मुख्यमन्त्री आनेवाले हैं।" मुझसे कहा गया।

"पार्क? कैसा पार्क?"

"अमर शहीद जुब्बा सहनी पार्क।"

"ये कौन थे?"

"यह एक लम्बी कहानी है।"

"अरे, लम्बी तो इस देश में सारी कहानियाँ हैं। ऐसी कोई कहानी है ही नहीं जो छोटी हो।"

"नहीं, यह सचमुच लम्बी और दुःखद कहानी है।"

"कहानी क्या है?"

"मिसेज हस याद हैं?" एक लम्बी निःश्वास छोड़कर जब मुझसे पूछा गया तो मैं सकते में आ गयी।

मिसेज हस का इस सारे हंगामे से क्या सम्बन्ध हो सकता था?

"हाँ याद है!" मेरी आवाज में कहीं से अचानक कुछ श्रद्धा आ गयी। मिसेज हस का उज्ज्वल खामोश चेहरा मुझे वैसे ही याद है जैसे यदि केवड़े की सुगन्ध एक बार ले ली जाए तो भुलाई नहीं जा सकती। और फिर मुझे वह लम्बी कहानी सुनाई गयी।

मिसेज हस के पति मीनापुर थाना में दारोगा थे। 1942 के 'भारत छोड़ो' आन्दोलन के समय स्वतन्त्रता की लड़ाई लड़ रहे कुछ दिलेरों ने मीनापुर थाना पर हमला बोला और दारोगा समेत थाने में आग लगा दी। मिसेज हस के पति जिन्दा जला दिये गये।

हमला जबरदस्त था, दारोगा के घर तक भी आ सकता था। अकेली और असहाय बची दारोगा की जवान और खूबसूरत बीवी की जान बचाने के लिए दारोगा का भारतीय सेक्रेटरी उसे घर के पिछले दरवाजे से सुरक्षित निकालकर खेतों के रास्ते कहीं भगा ले गया। दोनों ने कहाँ किस घर की सुरक्षा में आश्रय पाया, कोई नहीं जानता। कोई नहीं जानता दोनों के बीच क्या कैसे हुआ। लेकिन इस घटना के कुछ समय बाद दोनों ने विवाह कर लिया।

क्या अपने पति की हत्या की खबर सुनकर अपनी जान बचाकर भागती हुई अकेली और डरी हुई फ्लोरेन्स को अपने संरक्षक से प्यार हो गया? क्या अनजान फसलों वाले उन खेतों के रास्ते भगा ले जाने वाले अपने दिवंगत पति के उस अनजान भारतीय सेक्रेटरी से सचमुच फ्लोरेन्स को प्यार हो सका होगा? और वह अनजान भारतीय सेक्रेटरी? क्या उस खूबसूरत विदेशिनी को भगाकर ले जाते हुए वह देशद्रोह कर रहा था? या उसने महज अपना इनसानी फर्ज निभाया? या वह सचमुच फ्लोरेन्स से प्यार करता था?

और फ्लोरेन्स? क्या वह अपने पति की शहादत के बाद उससे प्यार करने लगी थी? या अपनी जान बचाने का ऋण चुकाया उसने जीवन-भर?

कैसा हुआ होगा दहशत से भरे हुए उन दोनों का खेतों के बीच से भागना?

जो भी हुआ हो, फ्लोरेन्स ने प्यार किया हो अथवा उस उपकार का लिहाज किया हो, उसे सारी उम्र निभाया।

मुझे याद है कि किस सलीके से साड़ी उन्होंने पहन रखी थी। वह क्या रिश्ता था, यह जान पाना असम्भव है। पर जो सर्वविदित है, वह यह, कि दुग्ध धवल फ्लोरेन्स ने जिस व्यक्ति के कारण खुद को आमूल बदल डाला, वह गहरे काले रंग का एक भारतीय था।

यह घटना 42 की है। 47 में अंग्रेज भारत छोड़ गये। लेकिन मिसेज हस स्वदेश नहीं लौटीं। वे यहीं की होकर रह गयीं।

''मूलत: वे आइरिश थीं।''

''आइरिश? आयरलैण्ड में कहाँ की?''

''यह तो नहीं पता।''

''फिर वह कभी नहीं गयीं?''

''नहीं।''

''टू द पीपुल ऑफ इंग्लैण्ड, द हम्बल पेटीशन ऑफ आयरलैण्ड्स डिंस्कॉनसोलेट ऑरेंजमेन शोइंग, दैट सैड, वेरी सैड, इज़ आवर प्रेजेण्ट कण्डीशन...''

''जिन पति के साथ वह वहाँ से आयी थीं, वह तो तुरत ही खत्म हो गये। तुरत-तुरत की शादी रही होगी। इन सज्जन से, जिन्होंने उनकी जान बचायी, उनको दो बच्चे हुए, एक बेटा, एक बेटी। लेकिन संयोग देखो, दोनों बच्चे पूर्णत: पिता की तरह, माँ वाला रंग लेशमात्र भी किसी बच्चे में नहीं आया। उनकी नस्ल ही खत्म हो गयी।''

''अब वह हैं?''

''वह तो कब की खत्म हो गयीं।''

या खुदा! मैंने उनसे कभी मिलने जाने की हिम्मत न कर पाने के कारण खुद को बहुत धिक्कारा।

यहीं इस शहर के किसी कब्रिस्तान में उन्हें दफन किया गया होगा, क्या किसी ने उनके शहर से उनकी कब्र पर डालने के लिए फूल भेजे होंगे?

क्या लिखा गया होगा उनकी कब्र पर? 'फ्लोरेन्स हस, बॉर्न इन डबलिन या बेलफास्ट...' या पता नहीं कोई दूसरा छोटा आइरिश शहर होगा, मैं तो सिर्फ राजधानियों के नाम जानती हूँ...

''क्या मैं किसी दिन उनकी कब्र पर कुछ फूल रख आने की

हिम्मत कर पाऊँगी?''

मिसेज हस के प्रेम की अथवा उनकी वफादारी की कहानी कहते-कहते हमने तो कई साल पार कर लिए, आनन-फानन में हम 42 से 47 तक पहुँच गये, पर इनके बीच गुलामी के पाँच लम्बे साल थे।

गोरी सरकार की हुकूमत थी। और उस हुकूमत पर हमला करनेवाले बचकर नहीं जा सकते थे। अँग्रेज सरकार का साम्राज्य यहाँ से वहाँ तक इतना बड़ा था कि उसमें सूर्य कभी अस्त नहीं होता था। बचकर छिपने की कोई जगह नहीं थी।

मीनापुर थाने के हमलावरों पर मुकदमा चलाया गया। कई गिरफ्तारियाँ हुईं। लेकिन थाने में आग लगाने के जिम्मेदार स्वतन्त्रता प्रेमियों ने भगत सिंह की तरह अपना विद्रोह कुबूला नहीं, बल्कि एक दूसरे निरीह व्यक्ति के सिर मढ़ दिया।

गाँव के एक आधे पागल गरीब व्यक्ति जुब्बा सहनी को गाँव के दबंग धनाढ्य लोगों ने यह सिखा-पढ़ा दिया कि कचहरी में वह कुबूल कर ले कि थाने में आग उसने लगायी। उसका ऐसा कहना उसके लिए बड़े गर्व की बात होगी, लोग उसे यह विश्वास दिलाने में सफल हो गये।

और सचमुच कचहरी में उस निर्दोष, निरीह व्यक्ति ने सगर्व बयान दे दिया कि मीनापुर थाने में आग लगानेवाला वही था। उसके उस बयान के आधार पर उसे फाँसी हो गयी।

एक निर्दोष व्यक्ति मौत के घाट उतारा गया और उससे भी बदतर भुला दिया गया।

अभी, इतने वर्षों बाद, उस व्यक्ति का नाम एक बार फिर लिया जा रहा है।

शहर में जिस कलक्टर की नियुक्ति हुई है वह उसी वर्ण का है जिस वर्ण का वह निर्दोष व्यक्ति था जो बिना कारण समझे ही शहीद

हो गया।

कलक्टर उसके सम्मान में एक स्मारक और पार्क बनवा रहे हैं, जिसका उद्घाटन करने मुख्यमन्त्री आ रहे हैं।

"आखिर कुछ तो उस बेचारे व्यक्ति के साथ न्याय हुआ। चलो उसके साथ नहीं, उसकी स्मृति के साथ ही।" कहानी सुनानेवाले ने अपनी कहानी खत्म की।

क्या न्याय हुआ? एक स्मारक बनवाकर एक पार्क खुलवाकर कि सी मृत व्यक्ति के साथ कभी न्याय किया जा सकता है?

मुझे जॉर्ज पंचम की मूर्ति के स्थापित होने, फिर विस्थापित होने और फिर जवाहरलाल नेहरू की मूर्ति के स्थापित होने की खबर याद आयी।

मुझे लगा कि अब इस शहर के कुछ बेघर जुब्बा सहनी की मूर्ति के नीचे सोया करेंगे।

और शहर के दबंग, धनाढ्य लोग उनके सरों पर अपने दोष मढ़ते रहेंगे। कचहरी में निरीह लोगों को बहकाकर बयान दिलवाने की प्रथा कायम रहेगी।

भूरी सरकार अपनी जगह ज्यों की त्यों बनी रहेगी।

भूरी सरकार के एक मुख्यमन्त्री आएँगे और जुब्बा सहनी की प्रतिमा का अनावरण करेंगे। पार्क के गेट के सामने रेशमी लाल फीता काटा जाएगा। कैमरों की चकाचौंध होगी। और फिर मुख्यमन्त्री अपनी गाड़ियों के काफिले में लौट जाएँगे।

सड़क पर फिर दैत्याकार गड्ढे उभर आएँगे। प्लेटफार्म पर मक्खियाँ अपना निश्चित स्थान ले लेंगी। शहर के सारे बेरोजगार युवक पार्क में अड्डा जमाने लगेंगे।

मुझमें इतनी हिम्मत नहीं है कि मैं जाकर उद्घाटन का यह सारा तमाशा देखूँ। बल्कि मुझमें इतनी हिम्मत नहीं है कि मैं कभी भी इस पार्क

में घूमने जा सकूँ। मुझमें इतनी हिम्मत नहीं है कि मैं मिसेज हस की कब्र पर फूल रख आऊँ। न जाने क्यों मुझे लगता है कि वह कब्र सफेद पत्थरों की बनी होगी।

मैं बस दुआ कर सकती हूँ कि भविष्य में फिर कोई अमर शहीद जुब्बा सहनी की नियति को प्राप्त न हो। मैं बस दुआ कर सकती हूँ कि कोई मिसेज हस की कब्र पर फूल रखता रहे।

‘‘शी इज़ फार फ्रॉम द लैण्ड व्हेअर हर यंग हीरो स्लीप्स...’’

कोई एक अभयारण्य

पिछले बीस साल से हर सुबह ठीक नौ बजे सरोज अपने घर से स्कूल के लिए निकलती हैं। हर सुबह सिवाय इतवार के। इतवार यूँ भी सरोज का प्रिय दिन नहीं और सप्ताह के बाकी दिनों में वे उसे याद भी नहीं करतीं। बाकी सारे दिन ठीक पौने नौ में वे चलती हैं और घर से स्कूल तक की दो मिनट की दूरी आराम-आराम में पाँच मिनट में तय करती हैं। रास्ते भर चिड़ियों के चहचहाने की तरह रिक्शे से कूदते-उतरते छोटे-छोटे बच्चे 'गुडमार्निंग मिस', 'गुडमार्निंग मिस' का शोर मचा देते हैं। ऊँची क्लास में पढ़ने वाले बड़े बच्चे थोड़ा शर्माकर, थोड़ा मुस्कुराकर बड़ों की-सी खास अदा में कहते हैं—'गुडमॉर्निंग मिस'।

इस कस्बानुमा छोटे से शहर के इकलौते कॉन्वेण्ट में पढ़ानेवाली हर महिला शिक्षिका या तो सिस्टर कहलाती हैं या मिस। जो नन हैं वो सिस्टर और जो नन नहीं हैं वे सब मिस। उनके विवाहित होने से मिस कहलाने में कोई बाधा नहीं। इतने सालों से, इतनी श्रद्धा के साथ मिस पुकारे जाने के बाद अब जब सरोज को कोई बड़े शिष्टाचार के साथ सम्बोधित करता है 'श्रीमती सिंह' तो वे ऐसे चौंकती हैं जैसे किसी पुराने मित्र को पहचान रही हों। वैसे भी श्रीमती सिंह वाला हिस्सा उनकी पहचान से ही नहीं, उनके जीवन से भी मिट ही चला है।

पाँचवें क्लास की क्लासटीचर मिस सरोज। "मिस, ये मेरे नक्शे

में लाइन खींच रहा है," उलाहना देनेवाला उद्वेलित होकर खड़ा हो गया है। ब्लैक बोर्ड पर लटक रहे विश्व के मानचित्र के बीचोंबीच खिंच रही विषुवत रेखा को इण्डोनेशिया से परे उत्तरी प्रशान्त महासागर के बिन्दु सरीखे दिखनेवाले बिखरे हुए द्वीपों के भी परे पहुँचाकर सरोज पलटती हैं—"क्यों भई, आप इनके नक्शे में लाइन क्यों खींच रहे हैं?"

"मिस, मैं तो बस देख रहा था।"

"अपने नक्शे में देखिए। सारे नक्शे एक हैं। सारे ब्रह्माण्ड में एक ही पृथ्वी है। और इसके छह कण्टीनेण्ट फिलहाल अपनी-अपनी जगह स्थिर हैं। इसलिए अगल-बगल झाँकने की कोई जरूरत नहीं। आप बैठ जाइए।"

विवाद सुलझाकर सरोज वापस मानचित्र से मुखातिब हैं। उन्हें अब क्लास को समझाना है कि विश्व के मध्य में खींची गयी यह विषुवत रेखा वास्तव में काल्पनिक है। और वे जवाब सोच रही हैं इस आने वाले सवाल का कि फिर ये रेखा है ही क्यों?

सरोज की क्लास में बच्चे खुलकर सवाल पूछते हैं और पाठ के मध्य में भी पंचायत की स्थिति उत्पन्न होने पर सरोज अपना धैर्य नहीं खोतीं। कभी किसी बच्चे पर उन्होंने अपनी आवाज तेज नहीं की। बच्चे भी उनका कहा मानते। पहली कक्षा से लेकर सातवीं कक्षा तक के सब बच्चे, जिन्हें सरोज इतिहास-भूगोल पढ़ाती हैं। आठवीं, नवमी और दसवीं की ऊँची कक्षाओं को सिस्टर मैडिल्डा पढ़ाती हैं। क्यों? सरोज को मालूम नहीं। उन्होंने सोचा तक नहीं। सरोज इतिहास में एम. ए. हैं। बी. एड. किया है। फिर हाई स्कूल को क्यों नहीं पढ़ातीं? ऐसा नहीं कि सरोज के जेहन में सवाल नहीं आते। स्कूल में उनके शुरुआती एक-दो साल सवालों की बेचैनी बल्कि तकलीफ में गुजरे। हालाँकि उनकी प्रकृति सवालिया नहीं है।

स्कूल कैम्पस में दाखिल होते ही बायें हाथ की ओर गुलाब का

एक बगीचा है। बगीचे के एक छोर पर चहारदीवारी से सटा एक गुम्बद है जिसके भीतर मरियम और बालक यीशु की प्रतिमा है। ऐसा लगता है और शायद बनानेवाले का ध्येय भी यही है कि समूचा बगीचा माता मरियम और उनके बेटे को समर्पित है। सामने होई स्कूल की इमारत की बाहरी दीवार पर गहरे कत्थई रंग का बड़ा-सा क्रॉस खुदा है। जिस इमारत में पहली से लेकर सातवीं तक की कक्षाएँ हैं और जो सरोज का कर्मक्षेत्र है उसके शीर्ष पर एक सफेद क्रॉस इस तरह लगा है कि दोपहर बाद से उसकी आदम कद छाया खेल के मैदान में आ ठहरती है। क्रॉस की छाया तले ही सरोज बच्चों को 'गेम्स पीरियड' के लिए ले जाती हैं। स्कूल ऑडिटोरियम तक जानेवाली सीढ़ी के हर पड़ाव पर बाइबिल के दृश्य चित्रित हैं और स्टेज के ऊपर फलक पर जहाँ से रेशमी लाल पर्दे लटके हैं, उसी लाल रंग से यीशु का एक कथन अंकित है, "आइ एम द ट्रुथ एण्ड़ द लाइट।" स्कूल का ये पूरा यीशुमय-वातावरण इमारतों और दीवारों तक ही सीमित नहीं। सुबह नौ बजे की प्रार्थना में गाये जानेवाले तमाम 'हिम्स' में सिर्फ दो शहर होते—बेथलेहम या यरूशलम। और तमाम फरिश्ते सरोज से अनजान होते। इस सारे अजनबीपन से घिरकर सरोज की हालत अजीब सी हो गयी। उन्हें लगा वह पहले से भी अकेली हो गयीं। अपने आसपास के लोगों, चीजों, माहौल से अलग तो थीं ही। लेकिन अब उन्हें अपनी स्थिति खतरनाक लगभग खौफनाक लगने लगी क्योंकि उन्हें अन्दर कहीं लगने लगा कि उनके ठाकुरजी भी उनसे दूर होते जा रहे हैं। वो बिल्कुल अकेली होती जा रही हैं। ठाकुरजी उनके बुरे से बुरे वक्त में भी साथ बने रहे। कहीं कॉन्वेण्ट की नौकरी करके वो उन्हें खुद से दूर तो नहीं कर् दे रहीं?

सरोज का मन अन्दर से डोल गया। जो मन जीवन भर की विपरीत परिस्थितियों में कभी नहीं डोला वह अपने पहले निर्णय के अमल पर डोल गया। सुबह की प्रार्थना सभा में सरोज विचलित हो जातीं। यीशु

के चेहरे में उन्हें ठाकुरजी का चेहरा नजर आता। स्कूल के बाद वो ठाकुरजी के आगे घण्टों बैठी रहतीं। ठाकुर जी के चित्रों में उन्हें बाइबिल के चित्रों की झलक मिल जाती। चेहरों और चित्रों के स्थान बदलने से सरोज बहुत परेशान हुईं। धीरे-धीरे फेरबदल का यह क्रम शान्त हो गया। ठाकुर जी सरोज के घर में बने रहे और यीशु गुलाब की वाटिका में। प्रार्थना सभा के हिम्स की धुन उन्हें भली लगने लगी। उनके कण्ठ में ठाकुरजी के भजन का सुर बना रहा। मरियम के ममतामय चेहरे में सरोज शान्ति ढूँढ़ने लगीं। उन्हें विश्वास हो गया कि न ईसा नाराज हुए और न उनके ठाकुरजी। ठाकुरजी का यहाँ मन रम गया। जिन ठाकुर जी का मन कर्नल महेन्द्र प्रताप सिंह के विशाल बँगले के पूजाघर में नहीं रमा होली क्रॉस स्कूल के टीचर्स होस्टल के डेढ़ कमरों के घर में रम गया।

"बस यही है आपका घर?" ये उनका छोटा बेटा कह रहा था। उनका चन्दू। दो साल पहले तक कर्नल साहब के बड़े एलसेशियन कुत्तों से डरकर उनकी गोद में आ छिपता था। बस उनसे ही चिपका रहता। कर्नल साहब नाराज होते पर चन्दू को न लॉन में टेनिस खेलने का शौक था, न दौड़ लगाने का। दो साल पहले तक। लेकिन इन दो सालों में चन्दू बड़ा हो गया। कर्नल महेन्द्र प्रताप सिंह का छोटा बेटा चन्द्र प्रताप सिंह बड़ा हो गया। सरोज ने उसके सवाल का कोई जवाब नहीं दिया। कैसे बताएँ अपने बेटे को कि सालों तक बँगले में कैद रहने के बाद डेढ़ कमरों की आजादी कैसी लगती है! भगवान करे उसे कभी भी समझना न पड़े। भगवान् करे उनके बेटे, उनके बेटों की किस्मत में हमेशा लम्बे खुले मैदान फैले रहें।

चन्दू अब भी कमरे का चक्कर लगा रहा है। एक कमरा उनके और ठाकुर जी के रहने, सोने, उठने-बैठने, खाने-पीने का और इससे सटी एक छोटी-सी कमरानुमा जगह जहाँ वो अपना और ठाकुरजी का खाना पकाती है। बड़ा बेटा कुछ अजीब-सा विस्मय जैसा भाव चेहरे पर लिये

कुर्सी पर बैठ गया है। विस्मित तो सरोज भी हैं। कैसी ठीक पिता जैसी मुद्रा है उसकी और कैसी ठीक पिता जैसी ठण्डी, भेदनेवाली आवाज में वो पूछ रहा है, "हम वापस कब जाएँगे?" "कल चले जाना बेटा!" सरोज ने मिनट भर भी गँवाये बगैर उत्तर दिया है, "मैं आज पापा को फोन कर दूँगी। वो कल सुबह गाड़ी भेज देंगे।"

"लेकिन तब तक हम क्या करें?" कैसे ठीक पिता जैसे तेवर पाये हैं उसने। सरोज का मन आया कहें तुम्हारे पिता के लॉन से चारगुना बड़ा मैदान है सड़क के उस पार। वहाँ खेलो। पर उन्होंने कुछ नहीं कहा। और अगली सुबह बच्चे चले गये। आज अठारह साल हो गये वे चले गये और सरोज ने कुछ नहीं कहा। जब भी सरोज के सामने ऐसा कोई सवाल आता जिसके उत्तर में उन्हें लगता वे बहुत कुछ कह देना चाहतीं तो वे बस खामोश हो जातीं। अपने पति को उन्होंने जिरह का सुख कभी नहीं लेने दिया। शादी के शुरू के वर्षों में वह डर से कुछ बोल नहीं पाती थीं और बाद में अपनी चुप्पी को उन्होंने अपना कवच बना लिया। एक अभेद्य कवच जिसे न कर्नल की पैनी नजर भेद सके, न आवाज। लेकिन बच्चों के होस्टल चले जाने के बाद यह चुप्पी असह्य हो गयी। और जब बँगले में कर्नल के एलसेशियन कुत्तों के दहाड़ने के अलावा और कोई आवाज नहीं बची तो सरोज ने कॉन्वेण्ट की नौकरी कर ली। पास के कस्बे में नये खुले कॉन्वेण्ट की सिस्टर्स कर्नल की पत्नी के पास प्रोत्साहन माँगने आयी थीं, सरोज ने ही उनसे काम माँग लिया। घण्टों की तैयारी करने के बाद उन्होंने खाने की मेज पर कर्नल को अपना निर्णय सुनाया। पता नहीं उनसे इजाजत न लेने का सदमा उन्हें लगा या वह भयानक आक्रोश की खामोशी थी लेकिन दस मिनट तक कर्नल कुछ नहीं बोले। फिर उन्होंने कहा, "अगर कभी कोई जरूरत हो तो मेरे पास आ सकती हो।" जैसे गाँव का जमींदार अपने बँधुआ मजदूर का कर्ज माफ करके उसे वापस मजदूरी पर बुला रहा हो। कृपानिधान-सी आवाज थी कर्नल

की। सरोज को पता था वे लक्ष्मण रेखा पार कर रही हैं। अगर कभी उन्होंने अग्नि परीक्षा तक देकर वापस आना चाहा तो उन्हें वनवास ही होगा। लेकिन सरोज ने लक्ष्मण रेखा पार की। आज बीस साल हो गये। बच्चों को गये अठारह साल हो गये। इन अठारह सालों में अगर सरोज ने उम्मीद की थी कि उनके बेटे बड़े होकर माँ से मिलने आएँगे तो बेटों ने उन्हें गलत साबित कर दिया। जिन बच्चों को सरोज ने पहली कक्षा में पढ़ाया वे दसवीं पास करके चले गये। लेकिन सरोज के बेटे उन्हें देखने नहीं आये। शुरू-शुरू में सरोज उनके स्कूल में फोन करती रहीं। फिर स्कूल के बाद दोनों एन. डी. ए. में चले गये। अलग-अलग शहरों में भेज दिये गये। कर्नल का दूसरी जगह तबादला हो गया। दूरियाँ बढ़ती गयीं और इन सभी दूरियों को अपने कस्बे के कॉन्वेण्ट से भी अकेले मापना सरोज के लिए मुश्किल हो गया। लेकिन पिछले महीने 18 साल बाद सरोज अपने दोनों बेटों से मिलकर आयी हैं। कर्नल छह साल पहले रिटायर हो चुके और अब अपने पुश्तैनी शहर में एक उम्दा बँगला बनवा लिया है। वहीं उसी बँगले में अपने बेटों से मिलकर आयी हैं सरोज। सूरज की शादी पर। कर्नल महेन्द्र प्रताप सिंह के बड़े बेटे सूरज प्रताप के विवाह पर। विवाह के सप्ताह भर पहले कर्नल का फोन आया था। सरोज बेहिचक पहुँच गयी थीं। विवाह धूम-धाम से सम्पन्न हुआ था। लेकिन सरोज को लगा जैसे उनकी उपस्थिति पूरे समारोह की भव्यता को बिगाड़ रही थी। आलीशान हवेली की मनोरम सज्जा, बेला-चमेली से गुँथा मण्डप, हीरे-मोती जड़े आभूषणों की जगमगाहट के बीच फीकी-फीकी दिखनेवाली माँ बेटों को अपमानजनक लग रही थीं। कार्ड में छपा उनका नाम भर काफी था, उन्हें सशरीर उपस्थित होने की क्या जरूरत थी? बेटों से अठारह साल न मिलने पर सरोज ने जिस अलभ्यता को महसूस नहीं किया था, उनके साथ दो दिन रहकर महसूस कर लिया। उत्सव में खलल डाले बिना जितनी जल्दी और जितनी खामोशी से वे

लौट सकती थीं लौट गयीं।

उनको लौटे महीना-भर हो गया, मन अशान्त-सा है। अगर उबर नहीं पा रहीं तो किस दु:ख से, ये वे खुद को बता नहीं पा रहीं। उन्हें पता था कि उन्होंने लक्ष्मण रेखा का उल्लंघन किया है लेकिन यह रेखा उनके पति की खींची हुई थी, यह रेखा उनके बेटों तक कैसे खिंच गयी? एक बार फिर सवालों ने सरोज को परेशान कर दिया। बल्कि एक ही सवाल था जो दिन-रात उनके ऊपर मँडरा रहा था। उनकी हड्डियों में, बालों में, चेहरे पर, ब्लैक बोर्ड पर खल्ली से लगातार लिखनेवाले हाथों पर बुढ़ापा आ चुका है। अगर सरकारी स्कूल में होतीं तो एक-दो साल में रिटायर हो जातीं। ये स्कूल भले ही सरकारी न हों लेकिन प्राइवेट स्कूलों का कॉन्वेण्ट का अपना नियम होगा, नियम न हो तो तकाजा तो होगा ही। अब उनकी आवाज क्लास की पिछली दो-तीन बेंच तक शायद ही पहुँचती हो। एक के बाद एक क्लास लेते-लेते वे थक जाती हैं। जिन्दगी उन्होंने भले ही जी न हो पर उनके बही खाते में वह बची तो नहीं रहेगी। सरोज की खामोशी जिन्दगी पर भी बुढ़ापा बिना समय गँवाये उतर आया है। यहाँ से रिटायर होकर वे कहाँ जाएँगी?

जब एक महीने की जद्दोजहद के बाद भी सरोज को कुछ नहीं सूझा तो उन्होंने ठाकुरजी को भी इस उधेड़बुन में शामिल कर लिया। आखिर उन्हीं दोनों के जाने का सवाल था—सरोज की देह और ठाकुरजी की तस्वीर। बाकी कुछ भी ऐसा नहीं था जिसे बाँधकर साथ ले जाया जा सके। ठाकुरजी से परामर्श के लिए सरोज अब उनकी तस्वीर के सामने नहीं बैठतीं। उन्हें लगता है कि ठाकुरजी उनके मन में बस गये हैं बिना आँखें बन्द किये, बिना ध्यान लगाये, उनके सहज एकान्त में ठाकुरजी शामिल हैं। अब वही बताएँ सवाल का जवाब। पता नहीं सन्देश ठाकुरजी से आया या स्वयं सरोज की दृष्टि के सामने से कोई अवरोध हट गया, एक शाम मनन-चिन्तन के दौरान हठात् एक जवाब सरोज के सामने आ

गया। लेकिन कैसा असम्भव जवाब! ये उन्हें सूझा ही कैसे? कहीं ठाकुरजी उनकी परीक्षा तो नहीं ले रहे? सरोज भय से काँप गयीं। अपने रूठे ठाकुरजी की तस्वीर के सामने जा बैठीं। ठाकुरजी अविचलित मुस्कुराते रहे। उनकी मुद्रा में तनिक भी क्रोध नहीं दिखा। और सरोज के अन्दर का जवाब भी अडिग बना रहा।

लेकिन अगले दिन स्कूल में भी सब कुछ असम्भव-सा जान पड़ा। अभी कुछ दिनों पहले टीचर्स मीटिंग हुई थी। सिस्टर्स का प्रस्ताव था कि क्रिसमस के दिन स्कूल में एक बड़ी कैथोलिक प्रार्थना सभा का आयोजन किया जाए। कुछ शिक्षकों ने इसका विरोध करना शुरू किया। प्रिंसिपल ने बड़े विश्वास के साथ सरोज से पूछा था, "आप तो सहमत हैं?" और सरोज ने मुस्कुराकर कहा था, "मेरे चुप रहने का मतलब ये नहीं कि मैंने आपकी बात मान ली। मैंने हमेशा चुप रहकर ही विरोध प्रदर्शन किया है।" और अब अचानक कैसे बदल दें वो सबकुछ, कैसे?

शाम को उन्होंने फिर ठाकुरजी को पुकारा। उन्होंने तस्वीर में अन्दर झाँककर देखा। और उसके परे देखते चली गयीं। धीरे-धीरे पहले की तरह ही सरोज का मन शान्त हो गया। उनका भय जाता रहा। जैसे ठाकुरजी ने उन्हें अभयदान दे दिया हो।

अगले सोमवार को लंचब्रेक में वे प्रिंसिपल सिस्टर लूसी के कमरे में दाखिल हुईं और बिना किसी भूमिका के अपना निर्णय कह सुनाया। सिस्टर लूसी के मोटे चश्मे के पीछे उनकी बड़ी-बड़ी आँखें पहले तो आश्चर्य से और बड़ी हो गयीं, फिर शायद सजल हो आयीं। झुर्रियों से ढँके अपने दोनों हाथों में सरोज का हाथ लेकर उन्होंने कहा, "यू आर वेलकम!" और पलभर के बाद लगभग दौड़ती हुई स्टाफ रूम में गयीं। उनकी उत्तेजना को देखकर सरोज को हल्की-सी हँसी आयी। और एक बार फिर उन्हें यह बोध हुआ कि उनके एकान्त में ही सबकुछ है—ठाकुर जी, दीये की लौ, अगरबत्ती की खुशबू, कैथोलिक प्रार्थना सभा, सबकुछ।

और कुछ भी नहीं बदलेगा। उनका नाम अवश्य बदल जाएगा। सरोज से सुजैन या सिसिलिया। यह निर्णय न उनका पलायन है, न पराजय, न प्रतिशोध। किसी आलीशान बँगले में पैबन्द की तरह चिपकाये जाने के लिए वे वापस नहीं जाएँगी, न पति के पास, न बेटों के पास। जो लक्ष्मण रेखा उन्होंने पार की है, उसके बाद यही एक अभयारण्य है। प्रिंसिपल रूम से वे सिस्टर लूसी की लगभग काँपती हुई आवाज साफ सुन रही हैं। घोषणा खत्म होने वाली है। उनके स्टेज पर आने का वक्त हो गया है। बहुत आहिस्ता से स्टाफ रूम के पर्दे को हटाकर वे दाखिल हुईं। सिस्टर हेलेना लपककर उनके पास आयीं और बीस साल लम्बे कार्यकाल में पहली बार, उन्हें अपने गले से लगा लिया। पता नहीं किसने, शायद सिस्टर जेनिफर ने कहा, ''ईसा के पास तुम्हें शान्ति मिलेगी।''

एक नास्तिक की आस्था

"सरस्वती की आराधना के अर्थ हैं विद्या की, विवेक की बुद्धि की आराधना। विचारों की, स्वतन्त्र विचारों की क्षमता को प्राप्त करने की आराधना। विद्या मात्र पूर्व अर्जित ज्ञान राशि नहीं है जिसको निरन्तर दुहराते जाना ही उसकी आराधना है। विद्या पुनर्नवा है, उसको निरन्तर नयी सोच, नयी गति, नया ताल, नया लय, नया छन्द चाहिए—

'नव गति, नव लय ताल छन्द नव,
नवल कण्ठ मृदु जलद मन्द्र रव,
नव नभ के नव विहग वृन्द को,
नव पर, नव स्वर दे!
वर दे वीणावादिनि वर दे!'

निराला की यह कविता पढ़ी है किसी ने?"

वह ढाई सौ लड़कियों की क्लास थी। इण्टरमीडियट विज्ञान की छात्राओं के लिए राष्ट्रभाषा का कम्पलसरी 100 नम्बर का पेपर और कम्पलसरी 75 प्रतिशत ऐटेण्डेन्स।

लड़कियाँ मुख्यतः हाजिरी के लिए ही इस क्लास में उपस्थित होती थीं, वर्ना उनकी सोच थी कि जब विषय विज्ञान के चुने हैं तो फिर भाषा क्यों पढ़ी जाए? गणित तो अपने आप में एक भाषा है ही और यदि

अलग से वर्णोंवाली भाषा पढ़नी ही हो तो अँग्रेजी पढ़ी जाए भला हिन्दी भी कहीं कॉलेज में पढ़ने का विषय है?

लड़कियों की इस सोच से वे खुद भी अवगत थीं और कई बार इसकी भर्त्सना करते हुए 'अपनी भाषा' की महत्ता पर व्याख्यान दे भी चुकी थीं, लेकिन ढाई सौ लड़कियों की दैत्याकार क्लास में अन्त तक सुनाई दे जानेवाला व्याख्यान देना अपने आप में बृहत् कार्य था, ढाई सौ मस्तिष्कों की सोच पर वह असर डाल सकेंगी, यह विश्वास उन्हें नहीं था।

अभी भी, यह प्रश्न पूरी ढाई सौ की संख्या को सम्बोधित था लेकिन ढाई सौ चेहरों के साथ एक साथ मुखातिब होना असम्भव था, ढाई सौ को देखना भीड़ में कहीं भी देखने के बराबर होता, इसलिए वे सामने की कुछ बेंचों से मुखातिब थीं।

जिन चेहरों पर बारी-बारी से उनकी नजरें टिकी थीं, उन सबने नकारात्मक भाव में अपने चेहरे हिलाकर प्रश्न का उत्तर दिया।

''कभी नहीं पढ़ी? कभी किसी क्लास में कोर्स में नहीं थी?... अजब बात है। यह तो बहुत प्रसिद्ध और प्रचलित सरस्वती वन्दना है! खैर, पहले न भी पढ़ी हो तो भी आशय तो इसका स्पष्ट है ही कि कवि विद्या की देवी से नये और स्वतन्त्र विचारों का वर माँग रहा है—'प्रिय स्वतन्त्र रव अमृत मन्त्र नव भारत में भर दे!'

''इसलिए विद्या की देवी की आराधना का यह मतलब नहीं है कि उनकी प्रतिमा स्थापित कर दी जाए, शामियाना सजा दिया जाए, बन्दनवार टाँग दिए जाएँ, खूब तेज गीत बजे, वह भी फिल्मी और तुम लोग पढ़ना-लिखना छोड़कर सज-सँवर कर दिनभर प्रसाद बाँटो और खाओ।

''इसलिए सरस्वती पूजा के नाम पर क्लास छोड़कर चन्दा बटोरते चलना और चन्दा देना दोनों बन्द करो। पूजा पर इतना पैसा खर्च करना

पैसे की बर्बादी है, वह भी ऐसे गरीब देश में। उस पैसे को पढ़ने के प्रयोजन में लगाओ। है न! तुममें से किन लड़कियों ने चन्दा इकट्ठा किया है?''

कोई प्रतिक्रिया नहीं हुई।

''अच्छा, तुममें से किसने चन्दा दिया है?''

कई हाथों ने ऊपर उठकर स्वीकारात्मक उत्तर दिया।

''बताओ, क्यों देती हो चन्दा ?''

''मैडम, हॉस्टल की सीनियर दीदी लोग जबरदस्ती ले लेती हैं।''

''हमसे तो लेती ही हैं, हमारे गार्जियन लोगों से भी जबरदस्ती लेती हैं।''

एकदम पहली नहीं, तीसरी-चौथी बेंच की दो लड़कियों ने कहा था। बाकी की कक्षा ने घूमकर उन्हें देखा था।

''जबरदस्ती कैसे लेंगी, अगर तुम लोग मना करोगी। तुम लोगों को डटकर विरोध करना चाहिए कि हम नहीं देंगे चन्दा। पूजा के लिए चन्दा देने की कोई नैतिक बाध्यता नहीं है। उतने शोर-शराबे के साथ चाहे और जो भी हो, भगवान की पूजा नहीं होती है।''

कहते हुए उन्होंने क्षण-भर का विराम लिया, कि लड़कियों की मुख-मुद्रा से कहीं कुछ प्रकट हो, लेकिन लड़कियों के मुख पर कोई मुद्रा प्रकट नहीं हुई।

''पूजा तो मन की चीज है। तुम लोगों को लगता है कि इस तरह लोगों से पैसा छीन-छीनकर, जिनमें से कई लोगों की पैसा देने लायक स्थिति नहीं रहती है, पूजा का कुहराम मचा देने से देवी प्रसन्न हो जाएँगी...? वह भी विद्या की देवी? बताइए लाउडस्पीकर पर गीत बजाकर सरस्वती की पूजा होती है—

'काँकड़ पाथर जोड़ि के मस्जिद लइ चुनाय,
ता चढ़ि मुल्ला बाँग दे क्या बहरा हुआ खुदाय?'

कबीर को तो पढ़ा होगा?

उन्हें लगा कि ढाई सौ जड़ दृष्टियाँ उन पर जड़ी हुई हैं।

"कबीर को भी नहीं पढ़ा, तो पढ़ा क्या तुम लोगों ने? कबीर कौन थे, इतना तो जानती होगी, कि उसमें भी शंका है? कबीर चौदहवीं-पन्द्रहवीं शताब्दी के विचारक थे, कवि थे, सन्त थे, जिन्होंने रूढ़िगत पूजा का विरोध करके इस संकीर्ण कट्टरवादी समाज को धर्मनिरपेक्षता की बात सिखायी—

'मोको कहाँ ढूँढ़े है बन्दे, मैं तो तेरे पास में,
ना मन्दिर में, ना मस्जिद में, ना कावा कैलास में।'

उन्होंने रूढ़िगत ढंग से प्रचलित धर्म का ही खण्डन किया। अगर अजान देनेवाले मौलवी पर व्यंग्य किया तो कीर्तन करने वाले पण्डित की भी खिल्ली उड़ायी—

'मन न रँगाए, रँगाए जोगी कपड़ा
आसन मारि मन्दिर में बैठे,
नाम छाड़ि पूजन लागे पथरा...'

इनमें से कोई भी सवैया-साखी तुम लोगों की परिचित नहीं है? हद हो गयी! अब तक क्या पढ़ाई की है तुम लोगों ने?"

लड़कियाँ, वह भी अगली बेंचों पर बैठी कुछ लड़कियाँ सोच रही थीं कि मैडम हमारी पढ़ाई को तो इतना पूछ रही हैं खुद जाने क्या पढ़ा रही हैं?

पढ़ाने चली थीं 'अशोक के फूल'। शुरू भी किया था कि यह एक वैयक्तिक निबन्ध है, वैयक्तिक निबन्ध अर्थात् वह निबन्ध जिसमें विषय महत्त्वपूर्ण नहीं, महत्त्वपूर्ण है विषय पर या विषय से सम्बद्ध या उससे असम्बद्ध भी, व्यक्ति के विचार।

और फिर, 'अशोक के फूल' हवा हो गये थे और मैडम ने जो

विचारों की स्वतन्त्रता पर बोलना आरम्भ किया था तो बोलती ही गयी थीं, उसी में सरस्वती पूजा भी आ गयी थी, निराला भी आ गये थे और अब कबीर भी आ गये।

लगता है कि 'अशोक के फूल' पढ़ाने के बदले मैडम स्वतन्त्र विचारों पर खुद ही वैयक्तिक निबन्ध लिख रही हों।

और हमने कबीर या निराला पढ़ा या नहीं पढ़ा, क्या फर्क पड़ता है?

हो सकता है, पढ़ा भी हो, कौन याद रखता है? फिलहाल, वे हमारे कोर्स में नहीं हैं तो उन्हें क्यों याद रखें? कौन-सा उनके बारे में परीक्षा में प्रश्न पूछे जाने हैं? यों भी इन सारी बातों में समानता क्या है? अशोक के फूल लाल रंग के फूल हैं, बल्कि थे, वह पेड़ ही लुप्त हो गया है,—और एक दूसरे निफूले पेड़ को हम भ्रमवश अशोक कहने लगे हैं, पर जब कहने ही लगे हैं तो मूल पेड़ के लुप्त लाल फूलों पर निबन्ध लिखने-पढ़ने, पढ़ाने बल्कि पाठ्यक्रम में रखने का भला क्या तुक हो सकता है?

जो भी हो, अशोक के फूल भूतकाल में खिलनेवाले लाल फूल थे। सरस्वती विद्या की देवी है। निराला हिन्दी के श्रेष्ठ कवि थे। कबीर समाज-सुधारक सन्त थे। इन चारों में समानता क्या है?

पर यह तो अगली बेंचों का धर्मसंकट था। एकदम पिछली बेंचों में कुछ और व्यग्रता थी, बल्कि उत्तेजना थी।

वहाँ तक ये शब्द पहुँचे भी नहीं थे। यदि पहुँचे होते, कम से कम यदि अशोक का लाल फूल पहुँचा होता तो उस लड़की को जो इस सारी उत्तेजना का केन्द्र थी, अपनी अवश स्थिति के लिए एक रंग मिल जाता। वर्ना तो वह एक रंगहीन तरलता में बहती जा रही थी, इतना भी अवकाश उसे नहीं मिलता था कि अपने उस बहाव के लिए एक रंग चुन ले!

क्लास में क्या बोला जा रहा है यह सुन पाना उसके लिए असम्भव

था।

अपने हाथ उसने डेस्क पर रखी किताबों पर फैला लिए थे और उन्हें ही देखती जाती थी। ओंठ मुस्कुराने को होते थे और फिर काँपकर रह जाते थे। दुपट्टा बार-बार फिसलकर नीचे गिर जाता था। कलम पकड़ने की कोशिश बेकार ही होती पर उसका खयाल भी उसे नहीं आया था। बायें हाथ की अनामिका में एक अँगूठी थी जिस पर उसकी नजरें थीं, नजरें नहीं, उसकी सारी चेतना, उसके अन्दर-बाहर का पूरा व्यक्ति वहीं केन्द्रित था।

कल शाम ही उसकी सगाई हुई थी।

इस क्लास से पहले वाली लेजर घण्टी में वह अपनी सहेलियों को यही बता रही थी कि पहली बार जब कोई लड़का, नहीं कोई लड़का नहीं, वह लड़का जो तुम्हारा भावी पति है, सारे परिवार के सामने बड़े अधिकार से तुम्हारा हाथ पकड़कर उसमें एक खास उँगली तलाशकर अपनी लायी अँगूठी पहनाता है तो कैसा लगता है?

"कैसा लगता है?" लड़कियों ने बेचैन होकर पूछा था।

"वैसा जैसा और कुछ नहीं लगता!"

"अरे पर वैसा कैसा?"

"बस वैसा!"

बाकी लड़कियाँ समझ जाना चाहती थीं, उस लगने को देख लेना चाहती थीं, पर वह थी कि उस 'वैसे' को बता ही नहीं पाती थी।

जब क्लास की घण्टी बजी थी तो किसी तरह आकर वे क्लास में बैठ गयी थीं, लेकिन 'बस वैसा' और 'वैसा कैसा' की उनकी आकुल-व्याकुल हँसी उनसे लिपटी ही रह गयी थी।

अब यदि वे कुछ सुन सकती थीं तो सिर्फ इस क्लास के खत्म होने की घण्टी की आवाज। यह उनकी दिनचर्या में आखिरी क्लास था और इसके बाद उस लड़की को जिसने उस 'वैसा लगने' को जाना था, अपनी

मित्र मण्डली को 'वैसा लगने' के उपलक्ष्य में भोज देने ले जाना था।

सगाई के तय होते ही उसने भोज देने के लिए उपयुक्त रेस्तराँ चुन लिया था। 'लिट्टिल मॅकडॉन्ल्ड्स' कॉलेज की लड़कियों के बीच सबसे प्रतिष्ठित रेस्तराँ था। थोड़ा मँहगा था जरूर। उसने हिसाब लगा लिया था कि चौदह रुपये प्रति प्लेट चाऊमीन के हिसाब से पेमेण्ट करने पर वह अपनी अन्तरंग सखियों को ही ले जा सकेगी, दोस्तों के बड़े दल को नहीं।

फिर भी 'लिट्टिल मॅकडॉन्ल्ड्स' का निर्णय वह ले चुकी थी और आज तो किसी भी तरह का जोड़-घटाव कर सकने की उसकी स्थिति नहीं थी। आज तो उसे डर था कि बिल का भुगतान करने में पैसों का हिसाब लगाने के लिए उसे किसी की सहायता लेनी होगी।

आखिरकार, चिर प्रतीक्षित घण्टी बजी और मैडम के रजिस्टर समेट कर क्लास से बाहर कदम रखते ही वे लड़कियाँ जैसे-तैसे ऐसे भागीं मानो जेल से कैदी रिहा हुए हों।

सीढ़ियों पर बेतहाशा दौड़ती हुई उन लड़कियों को उन्होंने भी देखा था और देखकर उन्हें सुनाने के लिए पचास मिनट तक अपने बोलते रहने की निरर्थकता से भर गयी थीं—"ये याद रखेंगी कबीर की साखियाँ! इन्हें न पहला पढ़ा कुछ याद है, न अब का पढ़ा कुछ याद रहेगा।"

कुछ तो विचारों की स्वतन्त्रता पर बोलने की उत्तेजना और कुछ अपने बोलने की निरर्थकता का एहसास लिये वे स्टाफ रूम के सामने बरामदे में रखी कुर्सियों में से एक पर अशान्त-सी बैठ गयीं।

बरामदे में बीतती हुई ठण्ड की धूप आ रही थी जिसकी हल्की गर्मी बहुत भली मालूम होती थी।

यदि कॉलेज के परिसर में या बाकी के शहर में ही कुछ पेड़ जीवित छोड़ दिये गये होते तो पता पड़ता कि यह वसन्त के आने का मौसम है। लेकिन वे थे ही नहीं और थे तो इतने कम थे कि उन्हें ढूँढ़-

ढूँढ़कर देखना पड़ता था।

आते हुए वसन्त के सम्मान में बस इतना हो सका था कि कुर्सियाँ स्टाफ रूम से बाहर निकालकर बरामदे में सजा दी गयी थीं।

लेकिन इस समय कुर्सियों पर शायद ही कोई था। पाँचवीं घण्टी बीत चुकी थी, कॉलेजिय पढ़ाई के मुख्य घण्टे बीत चुके थे, अब छठी या सातवीं घण्टी में इक्के-दुक्के क्लास ही होने थे। न छात्राओं की भीड़ शेष थी, न शिक्षिकाओं की।

उनके आने के फौरन बाद ही संस्कृत विभाग की मालती जी भी रजिस्टर थामे आयीं और बैठ गयीं। रजिस्टर रखकर उनके बैठ जाने में यह स्पष्ट था कि वे पाँचवीं की घण्टी निबटाकर आ रही हैं।

पता नहीं घण्टी को निबटानेवाली बात पहले इन्होंने कही या उन्होंने, पर जिसने भी कही, दूसरे ने उसका भरपूर समर्थन किया—''आजकल की लड़कियाँ तो पासपोर्ट से पढ़कर परीक्षा देती हैं, क्लास करने में उनकी कोई दिलचस्पी है क्या? बिल्कुल नहीं।''

''हाँ, सच में नहीं है। ज्ञान से दूर-दूर तक इनका कोई नाता नहीं है। परीक्षा में किसी तरह से पास हो जाएँ बस। सिर्फ ऐटेण्डेन्स बनवाने के लिए लड़कियाँ अब कॉलेज आती हैं।''

''या फिर दोस्ती-यारी है, मटरगश्ती करने के लिए आती हैं। इतना बन-सँवरकर कॉलेज आती हैं कि लगता है फैशन परेड में जा रही हों।''

और फिर दोनों ने एक ही साथ, एक भाव से, एकात्मक होकर कहा कि उनके जमाने में जो आदर्श था, 'सादा जीवन उच्च विचार' वह अब पूर्णतः खत्म है।

''पूर्णतः खत्म है।'' दोहरे दुःख के साथ यह बात दुहराई गयी।

''और अभी तो एक और बहाना मिला हुआ है कि सरस्वती पूजा की तैयारी करनी है। जबकि एक सप्ताह अभी बाकी है और कितने दिनों

से इसकी तैयारी चल ही रही है। कहाँ-कहाँ के दुकानदारों से लड़कियाँ जाकर चन्दा माँग लायीं।''

''दुकानदारों से भी चन्दा माँगा लड़कियों ने? कॉलेज की प्रतिष्ठा मिट्टी में मिला दी। सरस्वती पूजा का तो तमाशा बना दिया।''

''एकदम तमाशा बना दिया। अच्छा, विद्या की देवी की पूजा के नाम पर विद्योपार्जन को ऐसी क्षति पहुँचाना तो एक तरह से देवी का अपमान करना ही हुआ।''

''एक तरह से क्या, पूरी तरह से देवी का अपमान करना हुआ। और सच पूछिए तो मालतीजी, ये पूजा करती हैं लड़कियाँ? पूजा का उत्सव मनाती हैं, वह भी प्रचण्ड उत्सव।''

''हाँ तो और क्या, उस दिन लड़कियों को देखिए तो लगेगा कि तारिकाएँ हैं। कलाई से लेकर कोहुनी तक चूड़ियाँ, चेहरे पर इतना रंग-रोगन।''

''सरस्वती पूजा के नाम पर खुली छूट मिल जाती है, गेट के बाहर लड़कों की भीड़ जुटी रहती है,......ये देखिए, देखिए जरा, ये बाजाप्ता चन्दा ले रही हैं, रुकिए जरा इनसे पूछा जाए...''

''अरे छोड़िए, क्या पूछिएगा...''

''आप बैठिए न मालती जी बस एक सेकेण्ड।''

वे उठकर बरामदे के सिरे तक चली आयीं, जहाँ से मुख्य द्वार बहुत दूर नहीं था। उन्होंने देखा मुख्य द्वार से सटे हुए लड़कियों का एक छोटा-सा दल स्टूल इत्यादि की व्यवस्था करके बड़े आधिपत्य से जमा हुआ है। विवश-सा दिखता हुआ एक अधेड़ व्यक्ति उनके सामने खड़ा है, एक को छोड़कर सारी लड़कियाँ खड़ी होकर उससे बात कर रही हैं। वह एक लड़की जो खड़ी नहीं है, स्टूल पर बैठी एक विचित्र 'आकार की' लम्बोतरी-सी नोटबुक में कुछ लिख रही है। बात-चीत की मुद्रा कुछ इस प्रकार है कि अधेड़ व्यक्ति बड़ा बेचारा-सा होकर लड़कियों

की पूछताछ का जवाब दे रहा है।

उन्होंने लड़कियों को बुलवाया और वापस मालती जी की बगल में आकर बैठ गयीं।

बातचीत की मुद्रा में शीघ्रता आ गयी। स्टूल पर बैठी लड़की ने लम्बोतरी नोटबुक में से चर्र से कागज का एक टुकड़ा फाड़ा, उस अधेड़ व्यक्ति को थमाया। इस प्रकार से उसे चलता किया और स्वयं बरामदे में आकर पेश हो गयी।

अभिवादन के लिए जो हाथ जुड़े थे उनमें से एक में वह लम्बोतरी नोटबुक फड़फड़ा रही थी।

"ये क्या है?"

"जी मैडम, रसीद बुक है।"

"किस चीज की रसीद बुक?"

"चन्दा की।"

"किस चन्दे की।"

"जी, सरस्वती पूजा के लिए जो चन्दा लेते हैं तो रसीद काटकर देते हैं।"

"बताओ, इतने आयोजन-प्रयोजन के साथ जो चन्दा इकट्ठा कर रही हो, इसका आधा ध्यान भी यदि अपनी पढ़ाई में लगातीं तो कुछ बुद्धिमानी की बात होती। इतने बृहत् पैमाने पर सरस्वती पूजा करने की क्या जरूरत है कि महीने-भर तक चन्दा इकट्ठा करना पड़े?"

"मैडम, साल में एक ही बार तो सरस्वती पूजा होती है।"

"तो अब तुम लोग क्या चाहती हो कि साल में दो-दो बार सरस्वती पूजा हो और उसी में लोग अपना सारा समय जाया करें, गजब बेवकूफ लड़कियाँ हैं!" बोलते-बोलते अचानक वे मालतीजी की ओर उन्मुख हुईं।

मालतीजी के चेहरे पर से पाँचवीं घण्टी निबटाने की थकान उतर

चुकी थी, वे खुलकर हँस रही थीं।

लेकिन तहकीकात में मालतीजी शामिल नहीं थीं, उनकी तहकीकात एकाकी चल रही थी।

"साल में परीक्षा कितनी बार होती है? एक बार में तो किसी तरह खींच-तानकर परीक्षा देती हो, और सरस्वती पूजा साल में दो बार होनी चाहिए।" उन्होंने लड़कियों के चेहरों पर गौर किया।

क्लास की लड़कियों की तरह अभी इनके चेहरे भावशून्य नहीं थे। सरस्वती पूजा का विषय इनके हृदय के बहुत निकट था, जिसमें अभी गहरी उथल-पुथल मच रही थी और चेहरे पर भी व्यक्त हो रही थी।

"देखो, बात समझने की कोशिश करो, पूजा पूजा की तरह करो, पूजा में श्रद्धा होनी चाहिए, सादगी होनी चाहिए, पूजा का हंगामा करने की क्या जरूरत है? विद्या के लिए जिनकी पूजा कर रही हो उन्हें लाउडस्पीकर लगाकर फिल्मी गीत सुनाना तुम लोगों को उचित लगता है? पहले लड़कियाँ मूर्ति विसर्जित करने चलती थीं तो चिल्लाती रहती थीं 'वीणा पुस्तक रंजित हस्ते', वह भी नारेबाजी ही लगती थी लेकिन कम से कम याद रहता था कि भीड़ सरस्वती की प्रतिमा विसर्जित करने जा रही है। अब तो एक ठेले पर मूर्ति विसर्जित होने जा रही है और पीछे-पीछे दूसरे ठेले पर गीत बजाता लाउडस्पीकर चल रहा है। तुम्हीं लोग सोचो यह कोई पूजा हुई?"

लड़कियों ने कोई जवाब नहीं दिया।

"इसलिए पूजा से ये सारा शोर-शराबा निकालो, तो इस तरह चन्दा इकट्ठा करने की जरूरत ही नहीं पड़ेगी। ये सज्जन कौन थे, जिनसे अभी-अभी चन्दा लिया?"

"गार्जियन थे।"

"यों ही किसी के? या तुम लोगों में से किसी लड़की के?"

"जी नहीं, हमारे नहीं थे।"

"तब इस तरह किसी भी गार्जियन को पकड़कर चन्दा वसूलना तो ठीक नहीं है न?"

लड़कियाँ चुप।

"इसलिए गेट पर से अपना आसन हिलाओ। अपने-अपने घर जाओ और पढ़ो। हॉस्टल में रहती हो?"

"जी!"

सभी लड़कियाँ हॉस्टल की थीं।

सबके नाम पूछे गये, कक्षा पूछी गयी, विषय पूछे गये, पिछली परीक्षा में आये अंक पूछे गये। सबको अत्यन्त साधारण अंक मिले थे।

"तो तब, तुम लोगों को चाहिए कि पिछली बार जो कम नम्बर मिले उसकी पूर्ति के लिए इस बार ज्यादा मेहनत करो। चन्दा इकट्ठा करने में लगी हुई हो। चन्दा और पूजा दोनों पर से अपना ध्यान हटाओ। अपने-अपने कमरे में जाओ और जाकर पढ़ो। लाओ रसीद बुक।"

जब तक न पढ़ने के लिए डाँटा जा रहा था पुनः पढ़ने के लिए कहा जा रहा था, लड़कियाँ किसी प्रकार अपना अन्तर्नाद छिपाये नतमस्तक सुन रही थीं, किन्तु जब रसीद बुक पर आफत आ गयी तो वज्रपात हो गया।

"मैडम प्लीज!" उन्होंने विह्वल विनती की।

"चलो, रसीद बुक दो।" वे दृढ़ बनी रहीं।

"मैडम एक बार गलती हो गयी, अब किसी गार्जियन से चन्दा नहीं लेंगे।"

"फिर जो, असल बात है उसको तुमलोग समझ ही नहीं रही हो। गार्जियन से ज्यादा चिन्तनीय तुम लोगों की स्थिति है। तम लोगों की पढ़ाई में यह सारा हंगामा कितना बड़ा विघ्न है, यह एहसास भी हो रहा है? लाओ दो रसीद बुक।"

एकदम विवश होकर, रोती हुई आँखों और रोते हुए हाथों से उस

लड़की ने, जिसने रसीद बुक थाम रखी थी, मैडम की ओर बढ़ा दी।

रसीद बुक लेकर उन्होंने अपने पास रख ली और कहा, ''अब जाओ।''

लेकिन लगता था लड़कियों के पैरों में जंजीर पड़ गयी हो, वे हिल भी नहीं पा रही थीं।

''देखो, अब यहाँ खड़े रहने से रसीद बुक नहीं मिलेगी। जाओ, दिमाग शान्त करो और पढ़ो।''

अपनी कातर दृष्टि रसीद बुक पर जमाये, करुणा की मूर्ति बनी लड़कियाँ किसी तरह बरामदे की सीढ़ी से नीचे उतरीं और हॉस्टल की दिशा में अग्रसर हुईं।

''इन लड़कियों को थोड़ा नियन्त्रित करने की आवश्यकता है। किस निरंकुश ढंग से चन्दा वसूल रही हैं, ठीक गेट पर स्टूल लगाकर, पहले कॉलेज का क्या अनुशासन था, क्यों ठीक है न मालतीजी?''

''एकदम ठीक किया आपने, लड़कियाँ एकदम अनुशासनहीन हो गयी हैं।''

थोड़ी देर और वर्तमान अनुशासनहीनता पर खेद प्रकट करने के बाद मालती जी और स्वयं वे भी जाने को तत्पर होने लगीं।

उन्होंने अशोक नामक चपरासी को, जो कि एम. ए. पास था और जिसका चेहरा एम. ए. पास होने पर भी चपरासी होने की अपनी नियति से निरन्तर शोंकाकुल रहता था, बुलाया और रसीद बुक यह कहकर उसके हवाले किया कि शाम को जाकर हॉस्टल की दाई को दे दे और दाई से कह दे कि उनमें से किसी एक लड़की को ढूँढ़ कर उसे थमा दे।

रसीद बुक अशोक के जिम्मेदार हाथों से खोएगी नहीं, इसका जितना विश्वास उन्हें था नहीं, उससे अधिक अशोक को जताकर वे लौट गयीं।

नयी प्राप्त इस जिम्मेदारी से अशोक का निरन्तर शोकाकुल रहनेवाला चेहरा थोड़ी देर के लिए सचमुच अशोक हो गया।

उनके घर लौटने के करीब घण्टे भर बाद ही मालतीजी का फोन आया। अनुशासनहीनता पर बोलते हुए जितनी स्वच्छन्द मालतीजी की आवाज थी अब उतनी मालूम नहीं पड़ रही थी। अब उसमें हिचकिचाहट थी।

वे कह रहीं थीं कि 'दीवारों के भी कान होते हैं,' वाला मुहावरा आज सचमुच चरितार्थ हो गया।

रसीद बुक वाली जो बात थी, वह बरामदे से चलती हुई, मैदान को पार कर प्रशासनिक भवन की सीढ़ियाँ चढ़कर प्रिन्सिपल के चैम्बर तक पहुँच गयी थी। और वह भी विकृत होकर।

इतिहास विभाग की जो दमयन्ती जी हैं, वे अपने किसी काम से प्रिन्सिपल्स चैम्बर गयी थीं। वहाँ हो रही सारी बातचीत सुनकर उन्होंने मालती जी को फोन किया था।

दमयन्ती जी ने चैम्बर में जब प्रवेश किया था, वहाँ का माहौल अत्यधिक गर्म हो रहा था। प्रिन्सिपल के अतिरिक्त वहाँ हॉस्टल सुपरिण्टेण्डेण्ट निर्मलाजी एवं उनकी अभिन्न मित्र शीलाजी विराजमान थीं।

नाम के अनुसार निर्मलाजी की ख्याति कोई विशेष निर्मल नहीं थी। उनके विषय में यह आम धारणा थी कि वे हॉस्टल, हॉस्टल की लड़कियों एवं कॉलेज, तीनों के प्रति बेईमान थीं और तीनों का शोषण करते हुए काफी बेईमानी का धन उन्होंने इकट्ठा कर लिया था।

निश्चित रूप से प्रिन्सिपल का वरदहस्त उनके ऊपर था क्योंकि इस आम धारणा के बावजूद पिछले चार साल से वे हॉस्टल सुपरिण्टेण्डेण्ट के पद पर आसीन थीं।

शीलाजी स्पोर्ट्स इनचार्ज थीं और उनकी भी कोई विशेष शीलवान ख्याति नहीं थी।

अभी हाल ही में स्पोर्ट्स डे के दिन बहुत बड़ा हंगामा खड़ा हो गया था जब शीलाजी ने अचानक इस नये नियम की घोषणा कर दी थी कि हर प्रतियोगिता में शामिल होनेवाली लड़कियों को शामिल होने के एवज में दो रुपये जमा करने होंगे। लड़कियों के बहुत हाहाकार मचाने और शिक्षिकाओं द्वारा असहमति जताने पर नियम में थोड़ी ढील लायी गयी।

फिर भी शीला जी सगर्व स्पोर्ट्स इनचार्ज बनी हुई थीं। निश्चित रूप से प्रिन्सिपल का वरदहस्त उनके सिर पर भी था।

जिस समय दमयन्तीजी अचानक चैम्बर में प्रकट हुई थीं, स्थिति यह थी कि तीनों ही एक साथ एक ही बात टुकड़े-टुकड़े में बोल रही थीं।

जब प्रिन्सिपल बहुत निर्णायक ढंग से कुछ कहने लगतीं तो बाकी दोनों क्षण-भर को चुप लगा जातीं, फिर एक साथ बरस पड़तीं—

"किसी को क्या अधिकार है कि दूसरे को पूजा करने से रोके? यह अधिकार तो सरकार को भी नहीं है। धर्मनिरपेक्ष देश में भी हर आदमी को अपने विश्वास से पूजा करने का हक है। यह तो दूसरे की स्वतन्त्रता पर अंकुश लगानेवाली बात हो गयी।"

"ऐसा तो स्टालिन और लेनिन के जमाने में होता था। यह तो हमारे संविधान में नागरिकों को दिये गये मौलिक अधिकार का हनन करने के बराबर हुआ।"

"सचमुच, यह बहुत गम्भीर बात है। किसी के धार्मिक आचरण पर रोक लगाना।"

"और वह भी किसी शैक्षणिक संस्थान में। किसी शैक्षणिक संस्थान में धर्म को लेकर बोलने की आवश्यकता ही क्या है?"

“यह सब इतना नाजुक मुद्दा है, धर्म और धार्मिक आचरण, शिक्षक को इस सम्बन्ध में कोई निर्देश देना नहीं चाहिए...”

“और यह कैसी बात है कि किसी की धार्मिक स्वतन्त्रता पर प्रतिबन्ध लगाना? इससे तो दंगा-फसाद तक हो सकता है...”

इत्यादि, इत्यादि।

फोन पर मालतीजी की रिपोर्ट सुनते हुए उन्होंने सोचा था कि प्रशासनिक भवन के उस वार्तालाप में ‘धर्म और स्वतन्त्रता’ दोनों का आवश्यकता से अधिक प्रयोग किया गया था और वह भी एक-दूसरे के साथ जोड़कर। जबकि दोनों में कोई करीबी सम्बन्ध है नहीं।

धर्म व्यक्ति को कितनी स्वतन्त्रता देता है या कि कितनी ले लेता है, यह अपने आप में विवाद का विषय है। और यदि दोनों की सन्धि करके हम धार्मिक स्वतन्त्रता की बात करें, जो कि हमारा संवैधानिक अधिकार है तो हमें दूसरों की धार्मिक स्वतन्त्रता की रक्षा का अपना संवैधानिक कर्तव्य भी याद रखना होगा, चाहे वे हमारे सहधर्मी ही क्यों न हों। धर्म का कारण बताकर उन पर भावनात्मक दबाव डालकर उनसे अर्थ की वसूली करना, अपने संवैधानिक कर्तव्य का पालन करना तो नहीं हुआ।

किन्तु यदि यह कृत्य अबोध छात्राओं का हो तो उन्हें उसकी गम्भीरता का एहसास भर करा देना पर्याप्त है। इस सारी घटना को संवैधानिक अधिकारों की कानूनी बहस में तब्दील करने की कोई प्रशासनिक मजबूरी हो, ऐसा वे आवश्यक नहीं मानतीं।

यह सारी व्याख्या उन्होंने मालतीजी को सुनने के साथ-साथ लगभग समानान्तर रूप से कर डाली, फिर भी मालतीजी के सम्मुख भी उसे प्रस्तुत करने की उनकी इच्छा नहीं हुई।

लेकिन जब उन्होंने ‘दंगा-फ़साद’ सुना तो उनकी सोच पर अचानक पूर्ण विराम लग गया। उन्हें लगा कि वार्तालाप को इस बिन्दु तक नहीं

पहुँचना चाहिए था। यह बुद्धिहीनता और भ्रष्टाचार दोनों की पराकाष्ठा थी।

पर होती है तो हुआ करे। वे इस भ्रष्ट तन्त्र के सामने अपनी सफाई देने हरगिज नहीं जाएँगी। आखिर प्रशासन के पास इतनी शक्ति नहीं थी कि उनकी बुलाहट करे और जिरह करे कि उन्होंने क्या कहा और क्यों कहा?

लेकिन पीठ पीछे इतना बड़ा आरोप लगाना। यह असह्य था। उन्हें निश्चित ही इसका विरोध करना चाहिए।

इसलिए नहीं कि प्रशासन के प्रति वे उत्तरदायी हैं, बल्कि इसलिए कि इतना घिनौना और झूठा आरोप वे निर्विरोध क्यों सह लें?

एक बार फिर उन्होंने कॉलेज का रुख किया। जब वे चैम्बर में दाखिल हुईं, तो वे तीनों ही वहाँ मौजूद थीं, प्रिन्सिपल समेत निर्मलाजी और शीलाजी।

अच्छा है, उन्होंने सोचा, बात तीनों के सामने साफ हो जानी चाहिए।

और बगैर किसी भूमिका के वे सीधे-सीधे मुद्दे पर उतर आयीं—"मेरे सुनने में आया है कि इस चैम्बर में मेरे विषय में काफी टीका-टिप्पणी की गयी है, कई निर्णय लिये गये हैं, यहाँ तक कहा गया है कि जो मैंने कहा उससे दंगा-फसाद भड़क सकता है। मैं अपनी सफाई देने नहीं आयी हूँ, लेकिन आप लोगों को यह कह देना मैंने जरूरी समझा कि यह बहुत बड़ी बात है और ऐसी बात ठोस बुनियाद पर कही जानी चाहिए। आप लोगों ने ऐसा क्यों कहा आप जानिए, लेकिन आप की सोच और आपकी जानकारी दोनों गलत हैं।"

निर्मलाजी और शीलाजी दोनों से ही वे काफी वरिष्ठ थीं इसलिए कॉलेज की पुरानी परम्परा को मानते हुए उन दोनों ने कोई प्रतिवाद नहीं किया।

प्रिन्सिपल कुछ बोलने को उद्यत हुई, लेकिन उन्होंने अपनी बात जारी रखी—"मैंने किसी को पूजा करने से नहीं रोका। मैंने सिर्फ पूजा की विधि को संयमित करने की बात कही। मैंने पूजा को पूजा की तरह सम्पन्न करने की बात कही, उसका विशाल जश्न मनाने का विरोध किया। और यदि रूढ़िगत पूजा की सार्थकता में मेरा अविश्वास है तो वह अविश्वास रखने का हक तो मुझे है ही। और अपने उस अविश्वास को व्यक्त करने का भी मुझे उतना ही हक है जिनता कि आपको या किसी और को अपने विश्वास को व्यक्त करने का। और यदि हर छोटी-मोटी स्वतन्त्रता के लिए अपने संवैधानिक हकों को जताना आवश्यक हो, तो अपनी बात या अपने मत को शान्तिपूर्वक जताने का मेरा संवैधानिक हक है। फिर भी मैं कोई मत प्रवर्तन नहीं कर रही, मेरा कोई मत है भी नहीं। मैंने क्लास में कबीर की चर्चा की।"

"तो आप कबीरपन्थी हैं?" प्रिन्सिपल के लिए चुप रहना असम्भव हो गया।

"जी नहीं, मैं कोई पन्थी नहीं हूँ। क्या जरूरी है कि आदमी किसी न किसी पन्थ का अनुसरण करे ही? और कबीर का कोई पन्थ नहीं है, यदि सारे पन्थों का त्याग करके पूर्णतः मुक्त हो जाना भी कोई पन्थ हो तो वह कबीर का पन्थ हो सकता है। धर्म से ऊपर उठने का आग्रह धर्म पर पाबन्दी लगाने के बराबर नहीं माना जा सकता। और वह भी धर्म विशेष से नहीं, सभी धर्मों से ऊपर उठने का आग्रह।"

"लेकिन आप किसी को बाध्य नहीं कर सकतीं कि वह पूजा करना बन्द कर दे। लड़कियाँ यदि अपनी भक्ति से पूजा करती हैं तो उनको रोकना उचित नहीं है।"

उन्हें लगा कि क्लास में यदा-कदा दिख गयी जड़ दृष्टि से भी अधिक पाषाण बुद्धि के सामने अपनी बात कहने की उनकी स्थिति हो गयी है। इच्छा हुई कि तत्क्षण उठकर कमरे से बाहर हो जाएँ। लेकिन

रुके रहना जरूरी था।

"भक्ति से पूजा करें, यही तो मैंने भी कहा। शक्ति-प्रदर्शन न करें। आपको जानकारी है कि कॉलेज की लड़कियाँ मेन गेट पर बाजाप्ता बैठी रहती हैं और हर आने-जाने वाले गार्जियन से चन्दा माँगती हैं? यह भक्ति है या अनुशासनहीनता?"

"जानकारी क्यों नहीं होगी? एकदम जानकारी है।" प्रिन्सिपल ने कुछ इस प्रकार तैश में कहा, मानो यह कहते-कहते चूक गयी हों कि मैंने ही उन्हें वहाँ बिठाया है।

"देखिए, पूजा ऐसी चीज है कि लोग जल्दी अपना हाथ नहीं खींचते। गार्जियन लोग भी यदि अपनी श्रद्धा से पूजा में सहायता देना चाहते हैं तो क्या हर्ज है? आपके जैसे नास्तिक तो कुछ ही लोग होते हैं।"

"यदि आप इसको नास्तिक होना ही मान रही हैं, तब भी, किसी को नास्तिक होने का भी पूरा हक है। बल्कि जिस धर्म-विशेष की पूजा को लेकर आप इतनी व्यग्र हैं; उसमें नास्तिक होना स्वीकार्य भी है और मान्य भी।"

इसके आगे भी वह कहना चाहती थीं, यदि अपनी बात नहीं भी तो कबीर की वह एक पंक्ति उद्धृत कर देना चाहती थीं—"आपस में दोउ लड़ि मरे, मरम न काहू जाना।"

लेकिन भैंस के आगे इतनी मोहक बीन बजाने का कोई लाभ न देखकर उन्होंने कबीर की पंक्ति अन्दर ही रख ली।

"नास्तिक होना अनुशासनहीन भक्ति से अधिक मंगलमय है।" उन्होंने अन्ततः कहा और बिना किसी से विदा लिये चैम्बर से निकल आयीं।

"रिटायरमेण्ट में अभी तीन साल बाकी हैं।" मुख्यद्वार की ओर चलते हुए उन्हें यह बात ध्यान में आयी।

सान्त्वना

जैसे ही दरवाजा खुला मैं दौड़ती हुई अपने कमरे में घुसी और कमरा बन्द कर लिया। बस की तरह बैग मेरी गोद में ही पड़ा रहा और कुर्सी में निढाल बैठी मैं डरती रही कि मम्मी ने अब दरवाजा खटखटाया, अब आवाज दी।

सचमुच, चार से छः तक के ये दो घण्टे मेरे लिए डरावने हो गये हैं। जब तक भैया या पापा आ नहीं जाते, मम्मी मेरा दिमाग खाती रहती हैं।

''आखिर तू ही तो बेटी है। बेटी ही तो माँ की बात समझ सकती है। और बेटा तो वैसे भी...खैर।'' फिर एक अर्थ-भरा मौन रखा जाएगा, एक लम्बी साँस छोड़ी जाएगी।

लेकिन आज मैं ये सब बिल्कुल नहीं झेल संकती, बिल्कुल नहीं।

''बेटा तबीयत तो ठीक है? दिन कैसा रहा?''

इच्छा तो हो रही है कि कहूँ, ''बहुत अच्छा रहा मम्मी। बगीचे में ही तो घूमने गयी थी, सो घूम आयी। बेला, चमेली भी तोड़ लायी।''

अरे, मैं कहती हूँ किसी लड़की को इंजीनियरिंग कॉलेज में पढ़ना ही नहीं चाहिए। और अगर पढ़ती हो तो खूबसूरत तो होना ही नहीं चाहिए। और अगर खूबसूरत हो तो स्वाभिमानी तो बिल्कुल नहीं होना चाहिए। उसे तो इठलाते, दुपट्टा हिलाते, चोटी झुलाते चलना चाहिए।

नहीं तो मल्होत्रा सर जीना हराम कर देंगे। लड़के अलग रश्क करेंगे कि फालतू उनकी रोजी मारी गयी। आप तो घर बैठे भी खा सकती थीं। और उसके बाद जो कसर बचेगी, वह दिल्ली की बस पूरा कर देगी।

"हैलो मीरा! अब क्या बताएँ। इस घर में तो कोई सुननेवाला नहीं बचा। बच्चों को इतना पढ़ा-लिखाकर हमने अपना दुश्मन..." शुरू हो गया रोज का प्रलाप।

मम्मी आराम से टेलीविजन के सामने बैठी होंगी, सोफे पर टाँगें चढ़ाकर, मीरा आण्टी से रो-रोकर कह रही होंगी और साथ टेलीविजन के चैनल भी बदल रही होंगी। यों प्रलाप ही करना है तो मीरा आण्टी के घर क्यों नहीं चली जातीं।

कम-से-कम मुझे थोड़ी देर के लिए शान्ति मिलती!

जरा-सा एकान्त मिले तो आदमी अपनी टाँगें फैलाये।

मम्मी न होतीं तो टेलीविजन के साथ ही कुछ बेहयाई कर ली जाती!

यदि मैं पुरुष होती, तो आज कॉलेज से सीधे किसी बार में जा धँसती। दो-चार पेग चढ़ाती, कैबरे देखती और भूल जाती। देर रात घर लौटती और बिस्तर पर पड़ रहती।

पर यहाँ तो ऐसी इच्छाएँ पालना भी पाप है। भूले-भटके जबान पर आ गयीं तो सैकड़ों सवाल उठ जाएँगे—"जिस आजादी को पाने के लिए हमारी नानी-दादियों ने जाने क्या कष्ट उठाये उसे तुम यों शराब पीकर बर्बाद करना चाहती हो?"

अरे भाई, सवाल आजादी को बर्बाद या आबाद करने का नहीं है। एक मिनट के लिए, क्या हम नॉर्मल नहीं हो सकते? व्यक्ति नहीं बन सकते? हर वक्त ये आजादी की जंग का परचम उठाये चलने की क्या जरूरत है?

लेकिन, फिलहाल, सवाल तो मेरे कैरियर के बर्बाद या आबाद

होने का है।

और थोड़ी देर के लिए, सिर्फ थोड़ी देर के लिए, मैं प्रैक्टिकल के इक्वेशन्स और कम्पनियों के बैनर्स को भूलना चाहती हूँ। भूलना चाहती हूँ कि 'समर ट्रेनिंग' में बड़ी-से-बड़ी कम्पनियों में घुसने के लिए लोग क्या कर रहे हैं।

चलिए, माना कि मैं कोई लुटा-पिटा हीरो नहीं और ये सबकुछ अतिशयोक्ति हुई, पर टेलीविजन पर किसी पुरानी फिल्म का सस्ता-सा मुजरा तो देखा जा सकता था।

पर मम्मी अपनी बेटी को यों बहकने देंगी भला?

और अब तो उनका काम है मेरे मिनट-मिनट पर नजर रखना। तो तीसरी और आखिरी बात ये हो सकती है कि तकिये में मुँह गाड़कर फूट-फूटकर रोऊँ।

पर मैं ये कतई नहीं करूँगी, कतई नहीं हालाँकि अगर करूँ तो मम्मी मुझ पर अभी प्यार की बरसात कर दें!

पर अगर रोकर ही आँखें फोड़नी थीं तो रात-रात-भर लैम्प जलाकर फोड़ने की क्या जरूरत थी?

दोनों सूरतों में आँखें फोड़ूँ, ऐसी बेवकूफ अब मैं नहीं रही।

बैग तो ऐसे फेंक रही हूँ, जैसे इन सब कुछ का जिम्मेदार वही है।

खिड़की पहले से खुली है, दरवाजा मैं खोल नहीं सकती, इसलिए अलमारी खोलकर खड़ी हूँ।

टेनिस का ये रैकेट, पिछले पाँच साल से, इसी तरह अपने कवर में बन्द, इस पल्ले पर लटका है।

पहले तो इसे देखते ही डर लगता था, आज छूने पर भी कुछ नहीं हो रहा।

पाँच साल तक लगातार इक्वेशन्स हल करते जाना आदमी को क्या इतना भोथरा बना देता है?

रैकेट और गेंद दोनों हाथों में उठा ली है, फिर भी अन्दर सुन्न का सुन्न ही है!

अब क्या मैं नीचे जाऊँगी?

कबीर कहता था रैकेट तो तुम ऐसे पकड़ती हो जैसे डुएट के लिए तलवार पकड़ रही हो।

"अब कहाँ जा रही हो?"

"नीचे, पार्क में।"

"अभी आयी और अभी चल दी।"

"मम्मी, मैं इसलिए जा रही हूँ क्योंकि थोड़ी देर मुझे ताजी हवा में साँस लेने की जरूरत है।"

कोई लड़की यों पार्क में अकेली खड़ी होकर गेंद उछालती है क्या? लगता है ये सवाल मैंने मम्मी की तरफ से ही सोचा है?

चलिए, वो सबकुछ नहीं, टेनिस का नाटक ही सही।

इस मंच को छोड़े भी तो पाँच साल हो गये।

पाँच साल पहले, कबीर कहता था, कि मैं अच्छा टेनिस खेलती हूँ। और कहता था कि इस बात का मुझे घमण्ड भी है।

और आखिर में सिर्फ सॉरी कहकर चला गया... सारी बातों के एवज में सिर्फ सॉरी।

वो 'जा रहा हूँ' ऐसे कहकर गया जैसे कह रहा हो 'आ रहा हूँ।'

वो चलता गया और मेरे और भैया के बीच एक अनन्त खाई खींचता गया।

"इश्क फरमाने का इतना ही शौक है, तो मेरे ही दोस्त बचे हैं?"

भैया को फुफकारते मैंने पहली बार देखा था और आखिरी बार भी—"ग्यारहवीं में पढ़ती हैं, पढ़ाई में मन लगाइए, न कि इश्क-विश्क के चक्कर में।"

उसके बाद, भैया फिर मेरे साथ कभी नॉर्मल नहीं हो पाया। नॉर्मल

तो मैं भी नहीं हो पायी।

मैंने अपने को इक्वेशन्स हल करने के लिए छोड़ दिया। एक के बाद दूसरा, दूसरे के बाद तीसरा...

जाने कौन-सा जवाब था, जो मुझे इन्हें हल करने पर पा लेना था? गणित का आखिरी सच? क्यू ई डी?

यह जवाब इंजीनियरिंग कॉलेज में दाखिला था भी और नहीं भी, क्योंकि जब दाखिला मिला तब भी मैं चौंककर ढूँढ़ती हुई-सी रह गयी थी।

लेकिन भैया मेरे इंजीनियरिंग कॉलेज में कम्पीट करने को कभी माफ नहीं कर पाया।

उसने एक साल की पढ़ाई ड्रॉप करके तैयारी की थी। और जब फिर भी स्थान नहीं मिला...खोया-खोया-सा भटका करता था।

मैनेजमेण्ट के अव्वल कॉलेज में पहुँचकर भी वह इंजीनियरिंग के द्वारा नकारे जाने को भूल नहीं सका था।

और लोगों ने कह-कहकर और कई तहें जमा दीं, "वाह साहब, आपकी बेटी तो बेटे से भी बढ़कर निकली।"

वह भी खामोश रहा और मैं भी।

मेरे सामने अब नये दर्जे के इक्वेशन्स थे। और हर एक को ठीक-ठीक हल करने वे बाद भी मुझे लगता रहा कि जवाब तो फिसलता ही जाता है।

पहले मुझे हर चेहरे में कबीर का चेहरा दिखता था। अब कोई चेहरा ही नहीं दिखता, सिर्फ अंक दिखते हैं।

गेंद उछाल रही हूँ तब भी दिमाग कहीं गिन ही रहा है, एक दो तीन!

जबकि पार्क में कितनी हरियाली है। यह वही पार्क है, गुलमोहर के पेड़ों से घिरा हुआ। गुलमोहर खिलने-खिलने को है।

ये मौसम 'समर-ट्रेनिंग' का ही नहीं, गुलमोहर के खिलने का भी है।

विश्वास ही नहीं होता, पिछले पाँच साल से हर गर्मी, गुलमोहर खिलता रहा है, मुझे तो दिखा ही नहीं। लगता है, सारे पेड़ शहर छोड़कर कहीं चले गये थे!

"मैं जा रहा हूँ स्वाति!" कबीर ने कहा था। लौटी तो लगा कि पापा मेरे हाथ में एक बार फिर से टेनिस का रैकेट देखकर खुश हो गये। उसे साभिप्राय देखते हुए उन्होंने पूछा, "कहाँ गयी थी?"

"हॉकी खेलने !" मैंने कहा और हम दोनों हँस पड़े।

मैं एकदम उनसे लिपट गयी—"पापा, मुझे आपसे बहुत जरूरी बात करनी है।"

"हाँ, लेकिन तुम्हारी मम्मी ने बताया तुम कॉलेज से आकर सीधे नीचे चली गयी। पहले कुछ खा-पी लो, फ्रेश हो लो।"

डिनर टेबल पर मेरे सब्र का बाँध टूट गया और घूम-फिरकर वहाँ आने के बजाय मैंने सबसे बड़ी खबर सबसे पहले सामने रख दी।

"पापा, प्रैक्टिकल में मेरे नम्बर बहुत कम आये हैं, जो एक थीसिसनुमा जमा करनी है, वो ऐसी होनी होगी कि कुछ भरपाई हो, नहीं तो 'समर ट्रेनिंग' के लिए मेरा अच्छा प्लेसमेण्ट नहीं हो सकेगा। मैं हर रोज आने-जाने में चार घण्टे खराब नहीं कर सकती, पापा! मेरा हॉस्टल में शिफ्ट होना बहुत जरूरी है।"

"सेतु बेटा!" पापा ने शुरू ही किया था कि टेबुल पर विस्फोट हो गया और मम्मी चीखने लगी।

"इतना तो हम समझ ही रहे हैं कि तुम हमें छोड़कर जाने के लिए बेताब हो, पर कुछ तो दुनिया का लिहाज करो। लोग क्या कहेंगे? माँ-बाप इसी शहर में हैं, और बेटी घर छोड़कर हॉस्टल चली गयी। क्या जवाब देंगे हम दुनिया को? एक तो पहले ही तुम्हारे भैया ने कहीं मुँह

दिखाने लायक नहीं छोड़ा।''

इससे पहले कि भैया चीखता, मैं चीख पड़ी—''क्या किया है भैया ने? सचमुच आखिर ऐसा क्या किया है? कोई अपनी मर्जी से लड़की नहीं चुन सकता क्या? और अगर चुने तो ध्यान रखे कि लड़की आपके समाज की हो?''

''मेरा समाज? तो क्या यह तुम्हारा समाज नहीं है? तुम क्या विलायत में रहती हो? हमारी ही गलती है जो इन अँग्रेजी स्कूलों में पढ़ाकर तुम दोनों की बुद्धि भ्रष्ट कर दी।''

''तो क्यों पढ़ाया? क्यों नहीं गुरुकुल में डाल दिया?''

''उसी की तो सजा भुगत रहे हैं। पर हमें क्या पता था कि तुम्हारे संस्कार ऐसे कच्चे निकलेंगे। इससे तो अच्छा होगा कि तुम दोनों मिलकर हमारा गला घोंट दो।''

''नहीं मम्मी, हमारे बचे-खुचे संस्कार इसकी इजाज़त नहीं देते।''

अब मम्मी ने अपना आखिरी अस्त्र निकाला और रोती हुई अपने कमरे में चली गयीं।

अपने विस्फोट के ऐसे प्रत्युत्तर की उन्हें आशा नहीं थी। मेरे यों फट पड़ने पर भैया और पापा भी अवाक् थे।

इस सारी चीख-चिल्लाहट से पापा का चेहरा बहुत खराब हो गया था।

''सेतु'बेटा! पापा ने अपना हाथ मेरी ओर बढ़ाया, ''मैं मानता हूँ कि मम्मी को ऐसे रियेक्ट नहीं करना चाहिए था। पर तुम दोनों भी समझने की कोशिश करो। ये सब बातें इतनी जल्दी-जल्दी हो रही हैं कि उसके लिए स्वीकारना मुश्किल हो रहा है। स्वीकारने में वक्त तो लगता है न। कोई भी बदलाव धीरे-धीरे आता है बेटा!''

मुझे पापा के लिए बहुत बुरा लग रहा था। मैं शायद कहना चाह

रही थी कि मेरा प्रत्युत्तर पापा के लिए नहीं था, वे इसमें शामिल नहीं थे।

पर पापा ही रुक-रुककर बोले जा रहे थे—"पर इस सबसे तेरे कैरियर को हानि नहीं होनी चाहिए। सेतु, मैं समझता हूँ बस में दो घण्टे सुबह, दो घण्टे शाम सफर करना कितना बकवास काम है। तू हॉस्टल में एडमिशन करवा ले। फिर किसी भी इतवार को मैं खुद तुझे छोड़ आऊँगा। मैं समझता हूँ बेटा, मैं तेरे साथ हूँ। मम्मी को मैं समझाऊँगा।" कहते हुए वे उठकर कमरे में चले गये।

बच गये मैं और भैया।

मुझे लग रहा था कि ये सबकुछ ऐसे नहीं हो रहा था कि मैं हॉस्टल जा रही होऊँ, ये सबकुछ ऐसे हो रहा था कि मैं घर छोड़ रही होऊँ।

अचानक भैया बोला, "तू अभी एकदम से हॉस्टल मत जा सोतू! मेरी शादी तक रुक जा। बस एक महीने की बात है। मम्मी का रवैया तू देख रही है।"

और अचकचाकर चुप हो गया। फिर जैसे सारा साहस बटोरकर बोला, "सोतू मैं कोशिश करूँगा सुबह तुझे कॉलेज छोड़कर ऑफिस जाया करूँ।"

और बिना मेरे जवाब की प्रतीक्षा किये वह भी उठकर चला गया। शायद सोचने का समय देना चाहता हो। अच्छा ही हुआ, चला गया। मैं उसके सामने कतई रोना नहीं चाहती थी।

उसने मुझे सोतू पुकारा। भैया ने, इतने सालों बाद सोतू पुकारा। ऐसी रुलाई तो तब भी नहीं फूटी थी जब वह सोतू से स्वाति पर उतर आया था।

बिस्तर में पड़कर तकिया दाँतों में दबाये, मैं इस तरह रोती रही, इस तरह रोती रही, जैसे, आज ही कबीर कहकर गया हो—"मैं जा रहा

हूँ स्वाति! मतलब मैं अब कभी नहीं लौटूँगा, आई एम सॉरी।''

जैसे आज ही भैया ने फटकारा हो।

जैसे आज ही मैंने कसम खायी हो कि अब मुझे किसी से कोई मतलब नहीं, अब बस मुझे अंकों के टेढ़े-मेढ़े इक्वेशन्स हल करने हैं।

कई बार इच्छा हुई जाकर भैया से पूछूँ तुमने क्यों किया ऐसा मेरे साथ?

इसलिए कि कबीर तुम्हारा दोस्त था या इसलिए कि मैंने प्रेम किया था? तुम्हें प्रेम करने का हक है, मुझे नहीं? पर मैंने नहीं पूछा और शायद कभी पूछ भी नहीं पाऊँगी।

पर अगले ही दिन मैंने इतना तो समझ लिया कि उसने मुझे हॉस्टल जाने से क्यों रोका था।

शायद, पिछली शाम की कड़वाहट को भुलाने के लिए, माहौल को जरा खुशनुमा बनाने के लिए, पापा ऑफ़िस से लौटते वक्त मटन लेते आये।

पैकेट मम्मी की ओर बढ़ाया तो उन्होंने इनकार कर दिया, ''मैं तो इसे छू भी नहीं सकती। मैंने इन सब तामसिक चीजों का त्याग कर दिया है।''

''कब से?''

''इसी पूर्णिमा से।''

पापा सन्न रह गये। लेकिन 'क्यों' पूछना बेकार था। उन्होंने केवल इतना ही कहा, ''सावित्री, तुमने तो हद कर दी।''

''लाइए पापा मैं बनाती हूँ।'' कहकर मैंने पैकेट तो ले लिया पर उनके चेहरे का सारा उत्साह जाता रहा।

जब तक मैं मटन बनाती रही, मम्मी पूजा पर बैठी हवन जैसा कुछ करती रहीं।

होता क्या जा रहा है इन्हें? एक जमाना था जब ये मीरा आण्टी

से, पड़ोसियों से, टेलीविजन से, नयी-नयी विधियाँ सीखकर मटन बनाती थीं।

मटन तो खैर खाक बना, और खाक खाया गया। मुझे तो पता ही नहीं चला, मैंने मुँह में क्या डाला, चबाया और निगला।

बाद में, मम्मी ने सारे घर की शुद्धि की। बर्तनों में आग रखी गयी।

मटन तो उसके बाद फिर कभी नहीं आया लेकिन स्थिति दिनोंदिन बिगड़ती गयी।

निरन्तर मम्मी का प्रलाप चलता रहता। रोज के ईसाई होने पर, रोज के सेक्रेटरी होने पर, रोज के रोज होने पर। भैया की समझ पर, अपनी किस्मत पर।

अन्त में, जब वो रोज को बददुआएँ देने पर उतारू होतीं, तो मुझे हस्तक्षेप करना पड़ता।

मेरी इच्छा होती थी कि उनसे इस मुद्दे पर गम्भीरता से बात करूँ, पर डर लगता था कि कहीं उल्टा असर न हो जाए।

जिस दिन भैया ने रोज का परिचय देते हुए, उससे शादी करने का निर्णय सुनाया था, मैं किसी उन्माद में चर्च में होनेवाली शादियों की खूबसूरती पर बोलती चली गयी थी—सफेद फहराते गाउन, पारदर्शी सफेद घूँघट, और सफेद फूलों का गुलदस्ता थामे दुल्हन, सजी-सँवरी 'मेड ऑफ ऑनर' ढेरों सजे-सँवरे बच्चे, फूलों से सजा चर्च और संगीत की ताल से ताल मिलाकर दुल्हन का अपने पिता की बाँह थामे चर्च में घुसना और दूल्हे के ऐन सामने आ खड़े होना।.

"आइ नाऊ प्रोनाउन्स यू मैन एण्ड वाइफ!" मेरे सामने अँग्रेजी फिल्मों की एक रोमैण्टिक शादी का समाँ बँध गया था।

लेकिन भैया ने मेरी बात को व्यंग्य समझा था और मम्मी तो एकदम बिफर उठी थीं—"मेरे बेटे की शादी ईसाई रीति से नहीं होगी।"

और आज तक यही दुहरा रही हैं।

लेकिन अब तो मुझे उनके लिए चिन्ता हो रही है। मैंने सोचा था इस शॉक से उबर जाएँगी पर उनका तो व्यवहार भी सनकी होता जा रहा है और खुद भी घुलती जा रही हैं।

अगर यही स्थिति रही तो भैया रोज के साथ कहीं और शिफ्ट कर जाएगा। और क्या मैं उसे दोष दे पाऊँगी? मम्मी तो एकदम टूट जाएँगी। सोचती हूँ, क्या मैं भैया का साथ इसलिए दे रही हूँ क्योंकि कभी कबीर नाम का एक लड़का था?

अगर मम्मी को पता चल जाए कि कभी कबीर नाम का...एक मुसलमान लड़का था!

लेकिन कबीर तो चला गया।

खैर, शादी में सिर्फ पाँच दिन बचे हैं। जाहिर है, कोर्ट में ही होगी। मैंने कह दिया है, कोई जाए न जाए मैं तो जरूर जाऊँगी।

पर पापा भी मेरे साथ आये। मम्मी तो खैर घर में ही रहीं।

रोज को लेकर जब हम लोग वापस लौट रहे थे तो मेरी घिग्घी बँधी हुई थी, पता नहीं घर पहुँचकर क्या होगा?

लेकिन दरवाजा खुला तो मम्मी आरती की थाली लिये खड़ी थीं। रोज के सिर पर हाथ फेरते हुए उन्होंने कहा, ''बेटी, जब हमारे घर बहू आती है तो उसे एक नया जीवन, एक नया नाम मिलता है—आज से तुम्हारा नाम है वर्षा।''

बड़ी होशियारी से उन्होंने रोज को वर्षा बना दिया। और उसे अन्दर लेकर चलीं।

मैं साँस रोके खड़ी रही कि भैया कहीं इसका विरोध न करें। पर वह खुद मम्मी की मुलायमियत, उनकी मुस्कुराहट पर हतप्रभ था।

मैं ही जानती थी कि मम्मी ने अपने को कितना साधा होगा! शायद अब वर्षा के आने से रोज को लेकर मम्मी का नित्य का प्रलाप बन्द हो

जाए।

शादी के बाद के ये दस दिन तो बिना किसी अशोभनीय घटना के गुजरे हैं। हर सुबह रोज मम्मी के कहे अनुसार लक्ष्मी-गणेश और शिव-पार्वती की मूर्तियों को पूजती है।

इतवार की सुबह है और मेरे हॉस्टल जाने की तैयारी पूरी हो चुकी है।

रोज से मैंने कह दिया है कि अकेले में मैं उसे रोज ही बुलाऊँगी। खैरियत हुई कि यह बात जबान पर ही रोक ली कि मैं नाम बदलने के खिलाफ हूँ। यह बेशक कह दिया है कि वह कतई न समझे कि मैं शादी के फौरन बाद जा रही हूँ। मैं तो शादी के लिए ही रुकी थी।

मम्मी कल शाम से रो रही हैं। कुछ तो मुझे भी अखर रहा है, पर मैं अपने से लगातार कह रही हूँ कि मैं घर छोड़कर नहीं जा रही। मैं सिर्फ इसलिए जा रही हूँ कि 'समर ट्रेनिंग' मुझे सबसे उम्दा चाहिए। यह एक नये तरह का इक्वेशन है।

मैं जब चाहूँ अपने कमरे में आकर सो सकती हूँ। मम्मी इसे ऐसा ही रखेंगी जैसा मैं छोड़कर जा रही हूँ।

फिर भी जब नीचे उतरी तो बार-बार पीछे लौटने का मन होता रहा।

पापा ने जब गाड़ी स्टार्ट की तो उचककर मैंने पीछे देखा, वही पार्क था, गुलमोहर के पेड़ों से घिरा हुआ।

"मैं जा रहा हूँ स्वाति!" कबीर ने कहा था।

अपने-पराये

''आज मेरे घर में बटर चिकन बन रहा है।'' ऐसी बातें बताते हुए देवाशीष का चेहरा बेहद मुलायम हो जाता है और मुझे लगता है कि वह बटर चिकन से ज्यादा अपनी पत्नी शिखा के बारे में सोच रहा होता है। लेकिन अभी, खाने की मेज पर बटर चिकन की याद दिलाकर उसने हम तीनों को लपेट लिया। 'आह', एक साथ हमारे मुँह से निकला। मैं, मधुर और वेंकटेश। बटर चिकन के मक्खनी, लाल, गाढ़े शोरबे का रंग शायद मेरी आँखों में उतरने लगा। लेकिन तभी प्लेटें मेज पर आ गयीं। उन्हें एक-एक करके हमारे सामने लगाता वह थाई आदमी लगातार मुस्कुराता रहा था। मैं शायद डण्ठल और पत्तों के ढेर को घूर रही होऊँगी, लेकिन जब मैंने ऊपर उसके चेहरे की ओर देखा तो मुझे मुस्कुराना पड़ा।

थाई बड़ी ईमानदारी से मुस्कुराते हैं। एक ऐसी मुस्कुराहट जिसमें आत्मीयता से ज्यादा कुछ होता है। या शायद किसी अजनबी से आनेवाली आत्मीयता और भी भली लगती हो। अगर आप किसी दुकान से बगैर कुछ खरीदे निकल रहे हों, तब भी थाई व्यापारी विदा में कुछ ऐसे मुस्कुराएगा कि आपको उसकी दुकान से कुछ न खरीदने का अपराध-बोध सा होगा। मेरे बगल वाले कमरे में रहने वाली कैनेडियन लड़की, जो लगभग मेरी मित्र हो गयी है, मुझे बता रही थी कि थाईलैण्ड में सिर्फ एक बार एक आदमी ने उसके साथ अशिष्ट व्यवहार किया था और वह

कैनेडियन था।

मुझे हँसते हुए देखकर मधुर ने बड़े चाव से अपना काँटा-चम्मच उठाया और बोला, "तुम्हें तो थाई खाने में मजा आता है। तुम्हें खाते देखकर मेरा खाना कुछ आसान हो जाता है।"

वाकई मुझे थाई मछली पसन्द है। नीबू के रस में डूबी, भाप में पकी पूरी मछली। मधुर को रोटी-दाल की तलब होती है, मुझे पता है। लेकिन उसे वेंकटेश जैसी समस्या नहीं। वेंकटेश का हर खाना अचार के दम से चलता है जो वो खास हैदराबाद से लाया है। मेरे दिल्लीवाले अचार भी उसे पसन्द नहीं। दिल्ली के अचार में हैदराबादी लुत्फ कहाँ!

"और यहाँ मजा नहीं आता, कितने दिन थाईलैण्ड में काम करेगा?" देवाशीष पिछले दो महीने से यह कह रहा है। वह शिखा के पास वापस जाना चाहता है। शिखा अपनी सरकारी नौकरी छोड़कर यहाँ नहीं आना चाहती।

"इटली ने भी हर साल भारत के कम्प्यूटर इंजीनियरों को वीसा देने का प्रस्ताव रखा है।" वेंकटेश ने ऐसे कहा जैसे किसी नयी जगह का सुझाव दे रहा हो। जैसे थाईलैण्ड के इस प्रोजेक्ट को अधूरा छोड़कर अपनी मर्जी से जाया जा सकता हो।

"हाँ, अगर वापस अपने देश में कोई दूसरी नौकरी मिल गयी तो। लेकिन जब तक हम नोएडावाली इस कम्पनी में हैं वो जहाँ भेजेगी हमें जाना पड़ेगा।"

तीनों में से कोई यह कहेगा और बात वहीं खत्म हो जाएगी। मैं इन लोगों की ऊब और इस जगह की निन्दा सुनते-सुनते थक चुकी हूँ। (जैसे कोसने से पत्तोंवाली यह सब्जी बटर चिकन में तब्दील हो जाएगी।)

ये इटलीवाली बात मुझे कुछ रोमांचक लगी, और मैंने उसे आगे बढ़ाते हुए कहा, "अभी कुछ महीने पहले जर्मन सरकार ने भी बड़े पैमाने पर ऐसी घोषणा की थी।"

"उसके अगले दिन जर्मन अखबारों में कार्टून निकला था, धोती सँभालता हुआ एक गँवार भारतीय हवाई जहाज से उतर रहा है।" मधुर ने कहा और हम सबके चेहरे खिंच गये।

फिर अचानक देवाशीष हँसा और परम सत्य कहने के से अन्दाज में उसने कहा, "रेसिज्म है ये मान के चल।"

"मुझे नहीं लगता वहाँ का हर आदमी रेसिस्ट होगा।" मैंने बगैर कुछ सोचे-समझे तपाक से कहा।

"ज्यादा लोग हैं। वो ऐसे देखेगा कि तेरे को पता चल जाएगा। मैंने खुद अमेरिका में झेला है यार!"

देवाशीष कह रहा था, देवाशीष जो जब कोलकाता की नौकरी छोड़कर नोएडा वाली इस कम्पनी में आया था तो कहा करता था कि इण्डिया में रहना है तो कोलकाता में रहना चाहिए वरना बाहर चले जाना चाहिए। और मैंने अचम्भे से उससे पूछा था, "क्या सिर्फ कोलकाता ही इण्डिया है? मैं नहीं मानती।" मैंने इस दृढ़ता से कहा जैसे मैं वो कुछ भी नहीं मानती जो देवाशीष कहता है। "तुम टेक्सास में रहते थे। टेक्सास के बारे में अमेरिकी भी कहते हैं कि वो लोग रेसिस्ट हैं।"

"अमेरिकी कुछ भी कहें, अमेरिका में रहनेवाले इण्डियंस बिल्कुल उनसे अलग कॉलोनी में रहते हैं। नाममात्र का मिलना-जुलना।" हमारी बातचीत में रोमांच से ज्यादा बहस का तेवर आ गया था।

"तुम जर्मनी की बात कर रही थीं," वेंकटेश बोला, "मनोज छह महीने तक जर्मनी में था। पहले दिन जूता एकदम पॉलिश करके ऑफिस गया। बॉस ने कहा, तुम लोग क्या प्लास्टिक के जूते पहनते हो?"

"मेरी एक दोस्त भी जर्मनी घूमने गयी थी। उसने तो ऐसा कुछ भी नहीं कहा। बल्कि वह इंग्लैण्ड से ग्रेजुएशन करके आयी है। लन्दन में वह दो अँग्रेज लड़कियों के साथ रहती थी।"

मैंने यह नहीं कहा कि मेरी दोस्त की माँ भी अँग्रेज हैं। पिता

भारतीय है और उसका नाम खालिस हिन्दुस्तानी है लेकिन उसका रंग बिल्कुल अंग्रेजों-सा है।

"यूनिवर्सिटी में यह सब नहीं है। बहुत खुला वातावरण है।" देवाशीष जैसे मुझे बारीकियाँ समझा रहा हो—"लेकिन कैम्पस के बाहर दुनिया अलग है। और खास करके बूढ़े लोग, बूढ़ी औरतें तो तुझे घूरेंगी। सुमन दा को देखा है तुमने, कितना लम्बा और गोरा है। प्रोजेक्ट पर है, फ्रांस में। एक बार लिफ्ट माँगा तो ट्रक ड्राइवर ने उसको पीछे बैठाया, साथ में नहीं।"

"तो वह बैठा ही क्यों? उसको गाली देकर आगे निकालना था।" मैंने तैश में कहा।

"नहीं कर सकते, जब वहाँ रह रहे हैं तो नहीं कर सकते।"

मुझे लगा जैसे देवाशीष और वेंकटेश भी रेसिज्म में विश्वास करते हों। अपनी जगह और अपना खाना। बल्कि अपना प्रान्त। बाकी के देश को भी स्वीकारना शायद मुश्किल हो। नयी जगह जाने का मतलब एक नयी दुनिया देखने, नये लोगों से मिलने का उत्साह नहीं, बस अपनी पुरानी जिन्दगी को ज्यादा आराम से जीना।

खाना खत्म करके हम बाहर निकल आये, खुली हवा में। थाईलैण्ड में दिन भले ही गर्म हो, यहाँ के पेड़-पौधे, छोटे-छोटे पहाड़ और दूर-दूर तक फैला समुद्र रात को ठण्डा करते हैं। ठण्डी और मुलायम रातें। मुझे ध्यान आयी हमारी बातचीत, बल्कि बहस के दौरान मधुर बिल्कुल चुप था।

"तुम्हें लगता है कि हम दुनिया में कहीं भी दोस्त बना सकते हैं?" मैंने उससे पूछा।

"बिल्कुल, लेकिन हम हर किसी को दोस्त नहीं बना सकते।"

"शायद हम बनाना चाहें भी नहीं।" मैंने देखा मधुर के चेहरे पर उसकी पुरानी, नर्म हँसी थी। और एक पल के लिए मुझे लगा कि बात

बस इतनी-सी थी।

"कल रवीन्द्र के घर डिनर पर तुम्हें अच्छा लगेगा। प्रदीप की बेटी देविका, छोटी-सी है, बड़े प्यारे फिल्मी गाने गाती है।"

मधुर शायद सोच रहा था कि मैं अकेलापन महसूस करती हूँ। एक तो अजनबी शहर उस पर हर रोज की एक अड़ियल बहस।

"वे लोग काफी समय से यहाँ हैं?" मैंने पूछा।

"प्रदीप को तो बारह साल हो गये। मुझे नहीं लगता अब वह वापस लौटेगा। और रवीन्द्र ने तो एक थाई लड़की से शादी कर ली है, उसके लौटने का तो सवाल ही नहीं।"

"मैं मिली हूँ। बहुत खुशमिजाज है उसकी पत्नी। जरा-जरा सी अँग्रेजी बोलती है। वे आपस में बातचीत कैसे करते होंगे?"

"रवीन्द्र अच्छी तरह थाई जानता है। मुझे तो थाई दक्षिण भारतीय भाषाओं के करीब लगती है।"

"इसलिए तो नहीं कि दोनों बिल्कुल पल्ले नहीं पड़तीं।"

बातचीत को हल्का-फुल्का मोड़ देने में मधुर का जवाब नहीं। अच्छा ही है, बड़ी-बड़ी घोषणाओं के बाद नींद जरा तकलीफ से आती है।

अगली शाम मैंने अपने लिए एक नीली पोचमपल्ली साड़ी निकाली। साड़ी इसलिए नहीं कि मुझे कोई स्टेटमेण्ट देना था, मुझे साड़ियाँ हमेशा से पसन्द रही हैं। खासकर दक्षिण की साड़ियाँ।

रवीन्द्र के घर के रास्ते में हमने कुछ फूल खरीदे। बहुत ढूँढ़ने पर भी जब मुझे ऑर्किड नहीं मिला तो मैंने कुछ पीले फूल खरीदे जिनका नाम मुझे नहीं पता।

उसकी पत्नी से दुबारा मिलकर मुझे लगा कि उसके साथ शायद भाषा की जरूरत ही न हो। वह खुली हुई मुस्कुराहट, जो परिचय के साथ कुछ कहने भी लगती है। प्रदीप की पत्नी सुलेखा के साथ-साथ एक और

भारतीय महिला से परिचय हुआ—रंजीता। अरसे बाद मैंने किसी और को साड़ी में देखा, लम्बे बाल और कंगन, मुझे बड़ा भला लगा। लेकिन हम कोई पुराने दोस्त नहीं थे। और मैंने पाया कि हमारी बातचीत में कौतूहल सबसे ज्यादा था। यह जानकर कि अब तक मुझे इस जगह से कोई ऊब नहीं हुई, वह बहुत अचम्भित हुई।

"हम दोनों तो पास-पास रहती हैं और एक ही शहर से हैं, अच्छा समय कटता है।"

"कौन-से शहर से?"

"कोट्टयम।"

"मेरी एक बहुत अच्छी दोस्त कोट्टयम की थी। हम दोनों ने साथ एम. ए. किया था, वह मेरी रूममेट थी।"

वहाँ से हमारी बातचीत शहर के बाजारों और शॉपिंग माल्स में घूमती रही, फिर खाने-पीने के तौर-तरीकों पर आकर अटक गयी। लेकिन मुझे लगा जैसे उन्हें मुझसे बात करने में थोड़ी तकलीफ हो रही हो, वे बार-बार एक-दूसरे की ओर देखतीं और अपनी भाषा में शुरू हो जातीं।

खाने की मेज पर वे आपस में तल्लीन लगीं। मैंने देखा एक थाई लड़की भी मेरी तरह गर्दन इधर-उधर घुमाकर नजरें दौड़ा रही थी। हम दोनों को सहज ही हँसी आ गयी। फिर खाना खत्म होने तक हम दोनों कितनी ही बार हँसे। हमने इधर-उधर देखना बन्द कर दिया।

खाकर मैं बरामदे में सोफे पर आ बैठी। मैं गाने के लिए देविका की खुशामद करने लगी—काफी देर बाद वह तैयार हुई, लेकिन अपनी नर्सरी राइम सुनाने-भर के लिए।

लोग एक-एक करके वापस लौटने लगे थे। रंजीता के पति आये और उन तीनों की आपस में कुछ बात हुई। फिर अचानक वह मेरी तरफ मुड़े, "आप ये भाषा समझती हैं?"

"नहीं।"

"हिन्दी, हाँ राजधानी की भाषा।"

"उधर तो बहुत पॉलिटिकल स्कैण्डल होता है, तुम वहाँ रहती हो!" सुलेखा ने अजीब-सा चेहरा बनाया।

इच्छा हुई कुछ सटीक-सा जवाब दूँ। लेकिन मैंने खुद को थोड़ा संयत करके कहा, "रहती हूँ लेकिन मैं रहनेवाली पूर्वांचल की हूँ।"

"राजधानी भले ही पूरे देश की हो, लेकिन दक्षिण के नेता को प्रधानमन्त्री मानेंगे क्या? कभी नहीं।" रंजीता के पति ने कहा और कुछ ऐसे विदा ली जैसे कुछ साबित करके जा रहे हों।

मैं बहुत देर तक सोफे पर चुप बैठी रही। कई सालों से मुझे परायेपन का इतना तीखा अनुभव नहीं हुआ था।

अकेला पर्यटन और अकेली पूजा

यह महज संयोग की बात थी कि हम एकदम कहीं भी रहते हुए से अचानक दुनिया के सबसे मशहूर जलप्रपात के किनारे आ बसे थे। यदि सबसे मशहूर नहीं, तो दुनिया के दो सबसे मशहूर जलप्रपातों में से एक के।

जलप्रपातों की ख्याति के दो ही मानदण्ड स्वीकृत हैं, एक तो यह कि किस ऊँचाई से जल का पतन होता है, और दूसरा कि किस चौड़ाई में होता है। दोनों ही आकार के पैमाने हैं, बल्कि बृहदाकार होने के पैमाने हैं, सौन्दर्य का न कोई पैमाना सम्भव है न निर्णय, क्योंकि दृष्टा कभी एकमत होंगे ही नहीं, घनघोर युद्ध हो जाने पर, उस सौन्दर्य के नष्ट हो जाने पर भी एकमत नहीं होंगे, इसलिए आकार के ही हिसाब से ख्याति का होना श्रेयस्कर है।

दुनिया का सबसे उत्तुंग, उन्नत जलप्रपात जो अफ्रीकी प्रायद्वीप के दक्षिणी छोर पर है, उस अफ्रीकी प्रायद्वीप के दक्षिणी छोर पर जो प्रकृति का चुनिन्दा प्रायद्वीप है, सिर्फ मानव की उत्पत्ति के लिए ही नहीं, अनन्त जीव-जन्तुओं और वनस्पतियों की व्युत्पत्ति के लिए भी, वह जलप्रपात मेरी कल्पना में बहुत सुन्दर है।

शायद इसलिए भी क्योंकि वह मेरी कल्पना में है। किन्तु साकार देख लिये जाने पर भी इस ठण्डे प्रदेश का, जहाँ सबकुछ ठण्डा-ठण्डा

और उजला-उजला दीखता है, यह विस्तृत, विराट, अर्धचन्द्राकार जलप्रपात भी सुन्दर है।

नायगरा फॉल्स यों ही सारे संसार में मशहूर नहीं। इसके बर्फीले छींटों, फुहारों के ठीक किनारे सिर्फ सीगल बसते हैं, लोगों की बस्ती जरा हटकर आरम्भ होती है, इसलिए हम भी ठीक किनारे नहीं आ बसे थे, आये थे किनारे बसे शहर के किसी गली-मोहल्ले में। और बसे क्या थे, टिक गये थे, ठहर गये थे।

जब टिक भी गये तब यत्र-तत्र परिचय भी आरम्भ हुआ। कुछ पुरानी पहचानों के सूत्र पकड़कर भी परिचय स्थापित होने लगे। जैसे फलाने मित्र के छोटे भाई का साला सत्तर मील दूर, पड़ोस के एक शहर में रहता है, तो वहाँ आने-जाने का हिसाब बना। किन्तु इन आने-जानेवाले सम्बन्धों, नयी-पुरानी पहचानों में कहीं भी किसी सखा भाव की लब्धि मुझे नहीं हुई।

मैत्री के लिए पहचान के पुराने होते जाने के अतिरिक्त किसी अन्य भाव अथवा चीज अथवा बात की भी सम्भवत: आवश्यकता होती हो। किन्तु जैसे अधिकांश रिश्ते बिना उस भाव, अथवा तत्त्व के ही चले हैं जो कि उन रिश्तों के नाम में होता है, हमारे तमाम मैत्रीपूर्ण सम्बन्ध भी उसी तरह चले आ रहे हैं।

"आइए, आइए, कितने दिनों के बाद हम लोगों की याद आयी। भाई, ईद के चाँद हो गये आप लोग तो!"

कभी उनकी कभी हमारी तरफ से!

"कुछ अच्छी ताजी खबर सुनाइए। दिन-रात इकॉनोमी की बदहाली सुन-सुनकर हम थक गये। लेकिन भाई बड़ी खराब हालत हो गयी। इसमें तो बचे रह जाएँ तो गनीमत है। ऐसे में कम से कम दिलासा देने ही आ जाया करें।"

"आप तो कमाल कर रहे हैं। यहाँ और हमारा है ही कौन! यहाँ

पर अगल-बगल वालों का हाल तो ये है कि महीने में एकबार अभिवादन हो गया तो धन्य हो गये। ये तो है यहाँ का पड़ोस। अगर आपस में हम न मिलें-जुलें, तो परदेश में निभेगी कैसे?''

चाय-नाश्ता, कभी उनकी कभी हमारी तरफ से!

''अब अगले वीकएण्ड में आप लोग प्रोग्राम बनाएँ। ये तो नायगरा फॉल्स देखने का मौसम है।''

''अरे हाँ, बिल्कुल...''

नायगरा फॉल्स देखने का मौसम! भ्रमण का, पर्यटकों, सैलानियों का मौसम। सचमुच मई की शुरुआत होते ही इर्द-गिर्द के सारे छोटे-बड़े शहर बाजार, होटल नये उत्सुक चेहरों से भरने लगे।

हमारे घर में भी नित्य नये उत्सुक चेहरे उदित होने लगे। जिस प्रकार फलाने मित्र के छोटे भाई के साले का सूत्र पकड़कर हमने मित्र-मण्डली स्थापित की थी, उसी प्रकार फलाने भूतपूर्व सहकर्मी के साढ़ू के भाई होने का सूत्र पकड़कर हमारे दायरे में नये लोगों का प्रवेश होने लगा।

विदेश में इस तरह लोग अपने बनते हैं—''वास्तव में कितने करीबी लोग हुए, भाई जब आप उनके साढ़ू हुए तो हमारे भी तो साढ़ू ही हुए, विचित्र विडम्बना है कि अब तक परिचय का सुअवसर नहीं मिला, चलिए नायगरा फॉल्स के बहाने भेंट तो हुई।''

एक तो 'वसुधैव कुटुम्बकम्' का उच्चादर्श, उस पर आप तो भला अपने इष्ट मित्र हुए, अपनों के आने से बढ़कर और सौभाग्य क्या! और कहीं कोई कसर न रह जाए इसलिए 'अतिथि देवो भव'।

इस प्रकार प्रत्येक सप्ताह के अन्त में देवता स्वरूप अतिथियों का स्वागत-सत्कार करते हमें एक से दो महीने हो गये लेकिन अतिथियों की तृप्ति नहीं हुई।

नायगरा फॉल्स देखने का मौसम था कि बीतता ही नहीं था।

अनोखी जोड़ियाँ, अनोखे परिचय में बँधे दलों का हमारे यहाँ आगमन हुआ। कुछ-एक मित्र, कभी उनमें से एक की पत्नी, कभी कुछ दूर पढ़नेवाली किसी की बहन, देश से भ्रमण को आये माँ-बाप, कभी कोई दम्पती और यहाँ उत्पन्न उनके आधे विदेशी बच्चे।

पर मुख्यत: मित्रों की टोली, जो अपने 'बैचलर' होने को गाड़ी में घूमते हुए बड़ी आह्लादित उन्मुक्तता से और खाने की मेज पर बड़े अफसोस के साथ घोषित करती थी।

अनेक बार फॉल्स की सैर की गयी। कुछ तो मेजबान होने के नाते और कुछ नायगरा फॉल्स होने के कारण। शुक्रवार की शाम से लेकर रविवार की रात तक नायगरा फॉल्स के चक्कर लगाने का नियम बँध गया।

हर बार उसी मोड़ से मुड़कर, उसी सड़क पर सीधे चलते हुए जब एक गीला, पारदर्शी सफेद फानूस-सा हवा में तैरता दिखाई पड़ने लगता था तो गाड़ी में बैठा कोई न कोई क़हता था, 'वह देखो नायगरा फॉल्स की मिस्ट', तब सब नायगरा फॉल्स की मिस्ट को ऐसे देखने लग जाते थे कि जैसे वह हीलियम-भरा गुब्बारा हो जिसे पास पहुँचकर वे नीचे उतार लाएँगे।

गुरुत्वाकर्षण की खुलेआम अवमानना करते वाष्प-से हल्के-हल्के उड़ते जल के छींटों का ध्वज जंजाल...

यदि थोड़ी देर भी गाड़ी में खामोशी हो पाती तो उन छींटों को उड़ाते हुए जलप्रपात का दम्भी स्वर हम सुन पाते...

वह नदी के बहने का स्वर नहीं था, वह समुद्र का गर्जन नहीं था...

वह किसी पुरुष-कण्ठ की गम्भीर गुनगुनाहट का स्वर हो सकता था...

किन्तु सदा एक ही लय में, किसी भी उत्थान या पतन से रहित अनवरत एक तयशुदा ऊँचाई से जल की एक निश्चित धारा के गिरते रहने

का स्वर था...लेकिन गाड़ी में कभी खामोशी नहीं हो पाती, लगभग हर बार ही उस मोड़ पर पहुँचकर मिस्ट से लेकर जलप्रपात का विवेचन होता था, उसके टुकड़े-टुकड़े करके अन्ततः उसके चिथड़े-चिथड़े कर दिये जाते थे।

नायगरा जो भूगोल के व्याकरण की दृष्टि से नदी नहीं है, जो एक बड़ी झील से दूसरी बड़ी झील में पानी का भटकाव भर है,...जल का एक चंचल टुकड़ा जो लेक ईरी की सीमारेखा लाँघकर बाहर निकलकर अपने उत्सर्ग के लिए दूसरा जलाशय ढूँढ़ता फिरता है—आखिरकार स्वतः लेक ऑण्टेरियो तक अपना मार्ग निर्धारित करता है। किन्तु अपनी इस भटकन में वह अचानक पाता है कि वह एक खण्डित शिला पर आप्लावित है...जमीन की अगली सतह पर पहुँचने के लिए उसे इतनी फुट ऊँची छलाँग लगानी है। अपना वेग तीव्र से तीव्रतर करता हुआ वह कगार की तरफ उफनता आता है... कभी-कभी रातभर झरते रहने के बाद सुबह शान्त और तटस्थ नजर आता है...मानो वह मात्र अपने मार्ग पर चल-भर रहा हो और कभी प्रचण्ड क्रोध में लहराता हुआ...

किन्तु जल-प्रपात कोई व्यक्ति तो है नहीं जिसके मिजाज पढ़े जाएँ...जलप्रपात के भी कहीं मिजाज हुए हैं...यदि किसी व्यक्ति विशेष की अपूर्ण ऐतिहासिक प्रेम कहानी होती तो टूरिस्ट गाइड समेत तमाम सैलानियों को जबानी याद होती, पर जलप्रपात तो एक भौगोलिक दशा है—इतना गैलन पानी निरन्तर हर क्षण, हमारे देखते-देखते इतने फुट की ऊँचाई से गिरता जा रहा है...

यह दुनिया का सबसे चौड़ा जलप्रपात है, और वह भी तीन टुकड़ों में बँटा हुआ, पहला जिसे अमेरिकन फॉल्स कहते हैं, दूसरा जो ब्राइडल फॉल्स कहलाता है और तीसरा घोड़े की नाल के आकार की हॉर्स शू फॉल्स, जिसके अर्धचन्द्र के सामने खड़े होकर अपनी तस्वीर खिंचवाना हर सैलानी चाहता है।...

इस प्रकार सारे भौगोलिक आँकड़ों को हाथों में थामे, बल्कि सौन्दर्य मापने का इंच टेप और तौलने के लिए तराजू बटखरा उठाये हमारा प्रत्येक पर्यटक दल सौन्दर्य अवलोकन के लिए चलता है।

और उसके सम्मुख खड़े हो जाने पर निश्चित रूप से कहता होगा—'हम दुनिया के सबसे चौड़े जलप्रपात के सामने खड़े हैं।'

मानो यदि यह दुनिया का सबसे चौड़ा जलप्रपात न होता तो फिर इसे देखने का तुक ही क्या था? यह सुन्दर है सिर्फ इसलिए क्योंकि यह दुनिया का सबसे चौड़ा जलप्रपात है...सौन्दर्य को ठोस आँकड़ों का प्रमाण चाहिए।

और इस सबसे बेखबर दुनिया का सबसे चौड़ा जलप्रपात जिसका मनुष्य प्रदत्त नाम है नायगरा फॉल्स...निरन्तर अपनी उज्ज्वलता में...शुभ्र, श्वेत, निर्मल, निर्झर...जिसकी धार के सामने अपनी आँखें बन्द कर पुनः खोलते हुए अन्दर के अँधेरे कोनों में उमड़कर यह प्रार्थना आँखों तक आ जाती है—"मेरे दिन पुनीत हों?"

किन्तु इतनी बार इतने पर्यटकों के साथ नायगरा फॉल्स के सम्मुख खड़े होने पर भी मैंने कभी अपनी बगल में किसी ऐसे को खड़ा नहीं पाया जिसे अपनी यह आकुल अनुत्तरित प्रार्थना सुनाने का साहस जुटा सकूँ!...

मेरे घर लगातार आ-जा रही इस भीड़ में कोई चेहरा ऐसा हो जो मेरी प्रार्थना सुनकर कहे, "आमीन!" कभी-कभी मुझे लगता था कि एक उसी की आवाज है जो शायद सुन सकेगी इस निर्मल निर्झर से मेरी प्रार्थना का हाल...पर मात्र फोन पर ही उससे हमारी बातचीत थी, फोन पर ही विधिवत परिचय हुआ था, हालाँकि इस परिचय का सूत्र ऐसा कुछ रहस्यात्मक नहीं था, दरअसल वह मेरी एक सहपाठी की कज़िन थी।

हमारी मैत्री का कोई बहुत प्रशंसात्मक ठोस आधार नहीं था, हम कोई एक-दूसरे के प्रशंसक नहीं थे, वह हमारी सहमति का बिन्दु नहीं

था, हमारी सहमति का बिन्दु था कि हम किसी तीसरे के आलोचक थे, वह तीसरा कौन या क्या था, हम ठीक-ठीक नहीं बता सकते थे, कुछ पैतृक, पारिवारिक, सामाजिक तीनों की मिली-जुली सत्ता-सा, सिद्धान्त जैसा, जो शिरोधार्य है, इतना शिरोधार्य कि न्यायोचित है, परम्परा जो यहाँ बसे हुओं, बल्कि बसे हुओं से ज्यादा उखड़े हुओं की प्रेयसी लगती है, जिसे निष्फल रिझाने के प्रयत्न में वे लगे रहते हैं किन्तु उसे समझ नहीं पाते, उसकी जड़ें देख नहीं पाते, और उठते-जागते सिर्फ उसके नाम की दुहाई देते जाते हैं कि 'हाय री परम्परा, हम तो तेरे उपासक हैं।'

यह है वह तीसरी 'चीज' या 'दशा' या 'हस्ती' जिसकी आलोचना से हमारी मैत्री है। यहाँ जनमे या कहीं भी जनमे भारतीय पुरुष की अनुदारता या ओछापन जो विदेशी साहब की पार्टी में खुद भी जाता है और अपनी पत्नी को भी ले जाता है, खुद बेझिझक बियर पीता है और पत्नी के लिए कहीं से सॉफ्ट ड्रिंक की बोतल तलाश लाता है, और तो और गोरी मेमों के साथ दोस्ती-यारी के बाद लहँगा-चुनरीधारी किसी लड़की को देश के अपने टुकड़े से उठा लाता है, और अपेक्षा करता है कि वह कहे चलो तो पायल की झनकार हो, वह कहे थमो तो खामोशी हो जाए।

अनुदारता की आलोचना वाला यह हिस्सा, जिसके वक्त हमारा टेलिफोनिक वार्तालाप बड़े उग्र रूप से क्रान्तिकारी हो जाता है और जो निश्चित रूप से पति के दफ्तर से लौट आने के बाद ही किया जाता है।

पर वह बहुत दूर रहती थी, देश के बल्कि उत्तर अमेरिकी प्रायद्वीप के पूर्वी सिरे पर नायगरा फॉल्स के पास हम, और बिल्कुल पश्चिमी छोर पर वह, और पश्चिम और पूरब में दूरी इतनी कि सारा भौगोलिक नक्शा ही बदल दे...पाँच बड़ी झीलों द्वारा निर्धारित पूरब का मानचित्र, जल और थल का समान जंजाल, और उसका वह पश्चिमवर्ती रेगिस्तानी राज्य जहाँ वनस्पति के नाम पर नागफनी है, काँटेदार किन्तु गर्वीली नागफनी और

उसकी वह खास प्रजाति जिसकी कोटरों में बाज अपने घोंसले बनाते हैं।

हालाँकि कैक्टस अपनी ख्याति से अधिक शक्तिशाली जीव है, जाने क्यों उसकी सारी जिजीविषा के बावजूद उसे घर में लाने पर वर्जना है, या शायद उसकी जिजीविषा के कारण ही वर्जना हो।

कैक्टस के प्रदेश से जलप्रपात तक की यात्रा तो लाजिमी है, खासकर जब वहाँ करीबी मित्र बसते हों।

इला और उसके पति को पिछले कुछ महीनों में बार-बार यहाँ घूमने आने का निमन्त्रण दिया जा चुका है। उन्होंने अपना घूमने आना सितम्बर तक स्थगित कर रखा है। सितम्बर में इला के पति की माँ देश से तीन महीने के लिए आ रही हैं, विश्वविख्यात जलप्रपात के दर्शन अब उनके साथ ही होंगे।

हालाँकि यह बताते हुए ही इला ने यह भी कह दिया था कि उनके आने को लेकर वह कोई विशेष उत्साहित नहीं है। असल में प्रभात की माँ वहाँ अकेली ही रहती हैं, प्रभात के पिता अब इस दुनिया में नहीं हैं। लगातार उन्हें अकेला भी तो नहीं छोड़ा जा सकता, आखिर लोग क्या कहेंगे?

सुनते हुए मुझे लगा कि सम्भ्रान्त ढंग से तो यह वही बात हुई कि प्रभात की माँ को अपने साथ रखने की इला की घोर अनिच्छा है पर समाज की थू-थू का उसे भय है, वह सिर्फ लोकाचार निभा रही है।

सुनते-सुनते अचानक मुझे लगा कि शायद अनुचित निन्दा करते हैं हम उस तीसरी 'सत्ता' की, जिसके लिहाजन इला प्रभात की माँ को बुलाने के लिए विवश है।

यदि वह तीसरी हस्ती न होती तो प्रभात की माँ निरन्तर अकेली ही रहतीं?

मुझे गली-मोहल्ले की महिलाओं का किसी को देखकर आपस में आँखें मिलाकर कानाफूसी करना याद आया। क्या इतनी शक्ति है उस

कानाफूसी में? वरना अब कौन किसका भात काटता है? लेकिन वह कानाफूसी तो अकसर यही होती है कि किस सास-बहू में नहीं पटती, दोनों में किसका पलड़ा भारी है, किसकी लड़की रातों-रात मुँह काला करके घर से भाग गयी। किसी देवर-भाभी में अनैतिक सम्बन्ध हैं, किसका पति किसको कितना पीटता है।

लेकिन ये सारी बातें चटखारे लेकर की जाती हैं, मात्र अपनी चुटकी बजाने के लिए, कोई घर से निकाल दी गयी बहू के हक के लिए कहाँ जुबान खोलता है?

और इस निरन्तर बजती चुटकियों के कारण घर से भागी लड़की कभी वापस नहीं लौट सकती! नहीं, शायद अन्ततः यह तीसरी हस्ती जितना भला नहीं करती, उससे ज्यादा बुरा कर जाती है।

और कौन जाने इला और उसकी सास के बीच क्या है? हो सकता है इला जब शादी होकर आयी हो तो उसकी सास ने उसे सताया हो। और अब इला का पलड़ा भारी हो तो वह कसर निकाल रही हो। मुझे इन दोनों के बीच में नहीं पड़ना। मेरे लिए तो दोनों अतिथि हैं और 'अतिथि देवो भव।'

महीने बीते, मौसम बदला और आखिरकार सितम्बर के महीने में इला अपने पति और पति की माँ समेत आ पहुँची।

इतने महीनों में विभिन्न प्रकार के यात्रियों की मित्रवत खातिर करते हुए मुझे स्वागत-सत्कार का कुछ अभ्यास भी हो गया था। यह तय बात थी कि विदेश में विशुद्ध भारतीय भोजन की बड़ी माँग थी।

वैसे इतना मुझे पहले ही बता दिया गया था कि माँ शाकाहारी हैं। शुरू से नहीं थीं पर अब हैं। माँ के लिए पूरी एहतियात बरती गयी थी। और यथासम्भव उन्होंने भी उस एहतियात की सराहना ही की। कठिनाई से सन्तुष्ट होनेवाला उनका स्वभाव हो, ऐसा मुझे नहीं लगा। खैर!

भोजन का अन्त मधुर ही हो इसके लिए मिठाइयों का इन्तजाम किया गया था। हालाँकि मिठाइयाँ बाजार से ही खरीदी गयी थीं। विदेशी बाजार की देशी मिठाइयाँ देशी बिजनेस द्वारा तैयार की गयी मिठाइयाँ, लेकिन बहुत सफाई से ग्लब्स पहनकर डिब्बे में सील कर देने से मिठाई स्वादिष्ट नहीं हो जाती, वहाँ गली-नुक्कड़ों पर हलवाइयों की दुकानों पर भले मक्खियाँ भिनकती हों पर मिठाइयों का क्या स्वाद होता है!

ये सब भावनाएँ मैं ही उँड़ेले दे रही थी, मेजबान होने के नाते मैं अपने द्वारा परोसी जा रही मिठाइयों की निन्दा करने का पूरा हक रखती थी।

किन्तु एक बार मेरे द्वारा यह शुरुआत कर देने पर इला और उसकी सास भी बड़ी गर्मजोशी से हलवाइयों को याद करने में जुट गयीं। और फिर तो वह समाँ बँधा कि लगा कि हलवाइयों के दूध उबलते कड़ाह सशरीर मेरी बैठक में प्रस्तुत हो जाएँगे।

फिर चर्चा मिठाइयों से चलकर चाट-पकौड़ी, भेलपूरी और गोलगप्पे के ठेलों तक आ पहुँची और इला आत्मविभोर होकर ऐसे मचलने लगी जैसे अभी-अभी इमली की खट्टी चटनी उसने मुँह में डाली हो।

लेकिन धीरे-धीरे मैंने पाया कि इला और उसकी सास के लिए यह सारी चर्चा एक-दूसरे की उठा-पटक का अखाड़ा बनती जा रही है।

यदि इला इमली की चटनी के चटखारे लेती है तो प्रभात की माँ घोषणा करती हैं कि इमली की चटनी बेहद अस्वास्थ्यकर चीज है। चटनी सिर्फ धनिया की ही अच्छी हो सकती है। वे गर्म तली कुरकुरी जलेबी के गुण गाती हैं तो इला कहती है कि तली हुई मिठाइयाँ उसे सख्त नापसन्द हैं, उसे मिल्क केक जैसी खोए की मिठाइयाँ ही पसन्द हैं, तब प्रभात की माँ का मत होता है कि खोए की मिठाइयाँ बेहद गरिष्ठ होती हैं, मिठाइयाँ सिर्फ छेने की ही प्रशंसनीय हैं, सच्ची बात यह है कि

रसगुल्ले से बढ़कर दुनिया में कोई मिठाई नहीं।

इस बहस के कारण मिठाइयों का जायका कुछ कम होने लगा था, कुछ इस कारण और कुछ भयाक्रान्त होकर मैंने व्यंजनों की एक लम्बी फेहरिस्त को समेटते हुए, याद करने के लिए ऐसा विषय उठाया जिसमें मुझे लगा वाद-प्रतिवाद की कम गुंजाइश होगी।

दुर्गापूजा निकट है, अभी तो जगह-जगह दुर्गा की प्रतिमा बन रही होगी, बाँस गाड़कर पण्डाल बनाये जा रहे होंगे और दुर्गापूजा के पुनीत अवसर पर मोहल्लों में कर्णभेदी फिल्मी संगीत बज रहा होगा।

"तब लोग हों, जिन्दे हों, यहाँ की तरह नहीं कि सन्नाटा बना रहता है। हर समय लगता है कि प्रलय ही आनेवाला है, एक कौआ तक दिखाई नहीं देता।" प्रभात की माँ का उद्गार लगता था एकदम हृदय से हो रहा है। वे कहती जा रही थीं—"विकसित होने का यह मतलब थोड़े ही हुआ कि आदमी मृतप्राय हो जाए। न जोर से बोले न गाये, न बजाये। अभी देखो यहाँ चुनाव हुआ है कुछ पता चला ? अपने यहाँ चुनाव होता है तो क्या हंगामा होता है! माइक लेकर लोग रिक्शे पर बैठकर गली-गली प्रचार करते हैं, सब जगह बड़े-बड़े पोस्टर लगाये जाते हैं और यहाँ तो ऐसी चुप हर समय लगी रहती है कि लगता है कि आदमी श्मशान में रह रहा है।"

प्रभात की माँ अपनी बात कह चुकीं तो मैंने देखा इला के चेहरे पर व्यंग्य-भरी मुस्कुराहट थी। अब यह आघात करने जा रही थी, या अपनी समझ से प्रतिघात करने जा रही थी, मैंने सोचा। पता नहीं चित और पट के इस खेल में पहला आघात किसने किया था? मुझे ज्यादा सोचने का अवसर नहीं मिला, इला ने फौरन ही हथियार डाल दिये।

जिस चुनावी हंगामे को प्रभात की माँ इतना भावविह्वल होकर याद कर रही हैं, उस हंगामे में कितनों की जान जाती है, लाठी चलती है, गोली चलती है और वह चुनाव कभी 'फेयर' नहीं होता। इला ने

अपनी दलीलें शुरू कीं।

किसी तरह अर्धविराम देकर बहस को थामा गया और फिर कोई नयी बहस न छिड़ने पाये इसलिए जल्दी ही रात्रि विश्राम का इन्तजाम कर दिया गया।

इनके साथ आनेवाले चार दिन कैसे होंगे इसकी पूर्व सूचना मुझे मिल गयी लगती थी। अगला दिन पूर्णतः नायगरा फॉल्स को समर्पित था। उस समर्पण में निष्ठा की कमी हमने नहीं की।

फिर वही नायगरा की बहती आ रही धारा की बगल से गाड़ी का जलप्रपात तक पहुँचना, वही 'मिस्ट' वही स्वर और तीन टुकड़ों में विभक्त अधोमुखी धारा का शुभ्र-श्वेत शक्ति-प्रदर्शन।

एकदम खिले हुए ताजे चेहरे लेकर हम जलप्रपात के सामने आ खड़े हुए तो बड़े गम्भीर विचार करते हुए से इला के पति ने कहा, "देखिए माँ, आप दुनिया के सबसे चौड़े जलप्रपात के सामने खड़ी हैं।"

और फिर 'दुनिया के सबसे चौड़े' का आँकड़ों समेत ऐसा विश्लेषण हुआ कि लगा जलप्रपात का सारा सौन्दर्य ओझल हो गया।

"तुम लोगों ने केरल वाला झरना देखा है? क्या नाम है... हाँ, जोग फॉल्स, वह भी इतना सुन्दर है कि क्या कहना!" माँ ने अचानक किसी भूतकाल से निकलकर कहा तो नायगरा फॉल्स में प्रतिक्षण कितना गैलन पानी गिरता होगा इसका अनुमान लगाना बन्द हो गया।

हम चारों में से किसी ने जोग फॉल्स नहीं देखा था, हमने स्वीकारा और इला फिर वही विद्रूप-भरी हँसी हँसकर मुड़ गयी।

"वह भी बहुत सुन्दर है।" माँ ने जैसे अतीत में देखते हुए कहा, हालाँकि उनकी आँखें सामने के प्रपात पर ठहरी हुई थीं। मुझे लगा कि वह उनकी कुछ खूबसूरत यादों में से होगा।

नायगरा फॉल्स हमने दिन की धूप में देखा, रात की रंगीन रोशनी में देखा, जब सबके मन-प्राण जलप्रपातमय हो गये तब जाकर हमने

अपने भ्रमण की दिशा बदली।

तय हुआ कि अगली सुबह हम पिट्सबर्ग के लिए रवाना होंगे—तीन घण्टे की ड्राइव होनी चाहिए—फिर भी, सुबह-सवेरे ही रवाना होंगे, जलपान भी रास्ते में ही करेंगे।

पिट्सबर्ग में वेंकटेश्वर मन्दिर है। कहते हैं कि इस पूरे प्रदेश का सबसे जाग्रत मन्दिर है। ठीक तिरुपति के बालाजी जैसी प्रतिमा है और वैसी ख्याति भी।

किन्तु यदि प्रतिमाओं में, मन्दिरों में कोई शक्ति है तो क्या उसे यों बाँटा जा सकता है? क्या किसी मन्दिर का दूर कहीं एक प्रतिरूप तैयार कर लेने से ईश्वरत्व का समान बँटवारा हो जाता है? बल्कि असल सवाल तो यह है कि क्या भवन निर्माण-भर कर लेने से ईश्वरत्व उसमें आ पैठता है?

पर मैं मन्दिर जाऊँ भी और मन्दिर जाने के औचित्य पर सशंकित भी होऊँ, इससे क्या लाभ? पर कौन जाने किस बात से क्या लाभ है!

जब हम पिट्सबर्ग पहुँचे तो दिन आधा से अधिक बाकी था, लेकिन आरती का समय निकल चुका होगा, यह सोचकर मन्दिर जाना हमने अगली सुबह के लिए तय किया। एक प्रकार से वह शेष दिन हमने आनेवाली सुबह का इन्तजार करते हुए पिट्सबर्ग की गलियों में जाया किया।

खैर, अपने नियत समय पर सुबह हुई और सुबह के किसी एक समय जब इला समेत सब लोग तैयार हो गये तो मन्दिर के लिए रवाना हुए।

मन्दिर का शिखर एक साथ कई प्रसिद्ध मन्दिरों के शिखरों का सम्मिश्रण जान पड़ रहा था। फिर भी, पत्थर के उन प्राचीन शिखरों में से किसी एक की भी भव्यता उसमें नहीं थी। चौखट से भीतर घुसने पर मन्दिर का सम्मिश्रित चरित्र और भी उजागर हो गया। नौ ग्रहों समेत

विभिन्न देवताओं, अवतारों और स्वयं भगवान की कई मूर्तियाँ कई कोठरियों में स्थापित थीं। लेकिन मन्दिर के केन्द्र में बने गर्भगृह में वेंकटेश्वर की प्रतिमा विराजमान थी।

सारा भक्तिभाव, सारी धूमधाम वहीं केन्द्रित लगती थी। गर्भगृह के मुख्य द्वार के आगे ऐसी भीड़ जुटी हुई थी कि प्रतिमा तो क्या, दरवाजे के दर्शन तक दुर्लभ थे। अगल-बगल से कोई अदृश्य आवाज कहती सुनाई पड़ रही थी—"आप लोग कृपा करके एक पंक्ति में खड़े हो जाइए..."

लेकिन वह आकारहीन भीड़ जिसमें हर व्यक्ति बिना विलम्ब के दूसरे को धक्का देकर ईश्वर तक पहुँच जाना चाहता था, किसी भी तरह पंक्तिबद्ध होने की ओर उन्मुख नहीं थी।

मेरी बगल में एक सज्जन अत्यन्त छोटे बच्चे को अपने कन्धे पर बिठाये हुए थे। वे बार-बार उसे अपने हाथों में थामकर भीड़ से ऊँचा उठा रहे थे, ताकि बच्चा मूर्ति को, और मूर्ति बच्चे को देख ले।

लेकिन बच्चा था कि सिर को गोल-गोल घुमाकर भीड़ को देखने में ही मग्न था। सज्जन की बगल में खड़ी एक स्त्री लगातार बच्चे का ध्यान मूर्ति की दिशा में खींचने की निष्फल चेष्टा कर रही थी।

तभी वातावरण धूप, धूम्र और असंख्य घण्टियों के शोर से अचानक और भी पूजामय हो गया। और अस्पष्ट मन्त्रोच्चार के साथ पुजारियों-पण्डितों का एक दल भीड़ को चीरता हुआ दरवाजे के भीतर प्रवेश कर गया।

लेकिन भीड़ को चीरकर उसमें से गुजर जाने की उनकी क्रिया थोड़ी देर तक भीड़ में बनी रही। उन सबने गहरे लाल अथवा पीत वर्ण के वस्त्र धारण कर रखे थे, लम्बी शिखाएँ खुली हुई थीं, मस्तक पर चन्दन-रोली इत्यादि के बृहदाकार तिलक थे और काया भी सभी की भयानक रूप से बृहदाकार थी।

ये तन्द्रिल भक्तगण मुझे किसी भी तरह वेंकटेश्वर के उपासक नहीं लग रहे थे। मेरे मन में जो कापालिक की कल्पना थी वह इनके लिए ठीक बैठती थी। उनके विषय में कुछ था जो बहुत लोमहर्षक था।

इन कापालिकों के गर्भगृह में प्रवेश के बाद शंखनाद की ध्वनि होने लगी। घण्टी, शंख और विभिन्न भाषाओं की तरह-तरह की आवाजों का एक अजब शोर-सा मच गया। और इस सारे शोर के ऊपर आच्छादित था धूप का धुआँ जिसके लिए कहीं कोई निकास नहीं था।

इस सारे कोलाहल में दिनों को पुनीत करने की मेरी प्रार्थना मेरे अन्दर कहीं विलुप्त हो गयी। हिम्मत ही नहीं हुई उस शुभ्रता में की गयी प्रार्थना की यहाँ आवृत्ति करूँ!

पण्डित-समूह का एक पीतवर्णी सदस्य बाहर निकलकर भीड़ से अँग्रेजी में पूछने लगा, "किसी को अर्चना करवानी है क्या?"

मेरे प्रश्न-सूचक दृष्टि के उत्तर में मुझे बताया गया कि मन्दिर की सामूहिक अर्चना-आरती हो चुकी है किन्तु यदि कोई अपने नाम से विशेष अर्चना करवाना चाहे तो पैसे देकर उसका प्रबन्ध किया जा सकता है।

मुझे झटका-सा लगा कि अर्चना भी कहीं साधारण या विशेष होती है? लेकिन इस प्रश्नवाचक चिह्न को मैंने और उजागर नहीं किया।

"एनीबडी वाण्ट्स टू डू अर्चना?" पीतवर्णी पुजारी भीड़ में घूम-घूमकर पूछ रहा था।

एक दूसरा रक्तवर्णी पुजारी सामूहिक आरती की थाली लिये लोगों में स्वस्ति बिखेरने बढ़ा आ रहा था। कपूर की लौ जगमगाती हुई, भीड़ में हमारी ओर बढ़ी आ रही थी।

प्रभात की माँ हममें सबसे आगे थीं। प्रभात ने प्रयत्नपूर्वक उन्हें अग्रणी स्थान दिलाया था ताकि वेंकटेश्वर के दर्शन उन्हें अवश्य हो जाएँ। जब आरती की थाली उनके निकट आने लगी तो मैंने देखा वो संकुचित-सी होकर धीरे-धीरे पीछे हटने लगीं।

जब प्रभात तक पहुँचकर वे मुड़ीं तो मैंने गौर किया ग्लानि या क्षोभ जैसे किसी भाव की कई गहरी रेखाएँ उनके चेहरे पर बिछ गयी थीं। "जाओ, पहले तुम लोग आशीर्वाद ले लो," उन्होंने कहा।

"अरे, माँ, आप आरती लीजिए न!" प्रभात ने ऐसे स्वर में कहा जैसे लोग किसी का ढाँढस बँधाते हुए कहते हैं। लेकिन वह अडिग रहीं—"जाओ, तुम लोग आगे जाओ।"

अचानक वह पीतवर्णी पण्डित एकदम मेरे सामने आकर खड़ा हो गया—"एनीबडी वाण्ट्स टू डू अर्चना?"

मैं निरुत्तर हतवाक् खड़ी रही। स्वस्ति की थाली भी मेरे निकट पहुँच रही थी। प्रभात की माँ धीरे-धीरे और पीछे, मेरे पीछे चली गयी थीं। किसी की छाया से क्या पूजा की स्वस्ति भी मलिन हो सकती है?

"एनीबडी वाण्ट्स टू डू अर्चना?" वह पूछता जा रहा था। मैं सुनकर भी समझ नहीं पा रही थी। मेरे अन्दर कभी किसी पाठ्यक्रम में पढ़ी कविता की कुछ पंक्तियाँ बिखर-बिखरकर ऊपर तक आ रही थीं—

'वह इष्टदेव के मन्दिर की पूजा-सी...
वह इष्टदेव के मन्दिर की पूजा सी...'

भयानक शंखनाद।

"एनीबडी वाण्ट्स टू डू अर्चना?"

'वह दीपशिखा-सी शान्त भाव में लीन'...संकुचित किन्तु अडिग खड़ी उसकी माँ और किंकर्त्तव्यविमूढ़ खड़ा प्रभात!

लेकिन इला ने प्रभात का हाथ पकड़ा और बड़े दर्प से उसे आगे ले चली, जैसे विजयी सेना शत्रु को पीछे छोड़कर विजय पताका लहराती आगे बढ़ जाती है, कुछ वैसे गर्व के साथ।

लेकिन इला की आँखों में वह क्या देखा था मैंने? क्या कहती थीं

इला की आँखें? बहुत पहले किसी शादी में किसी का फुसफुसाकर कहा गया वाक्य याद आ गया—'बताइए, विधवा होकर सबसे पहले नयी बहू पर अक्षत छिड़क दिया!'

और तब हठात् उस कविता की आखिरी पंक्ति मुझे याद आ गयी—'दलित भारत की ही विधवा है।'

हाँ, दलित भारत की ही विधवा है।

आरती की थाली मुझ तक पहुँच चुकी थी, यन्त्रवत् जुड़े मेरे हाथों ने अग्नि को प्रणाम किया अवश्य, किन्तु मेरी प्रार्थना मृतप्राय हो चुकी थी।

बेलगाम रेस

जब तक नानी जीवित थीं, घर में रखे जानेवाले नौकर, दाइयों की जात पूछकर उन्हें रखा जाता था। संगीता वैसी ही किसी जाति की है जिसका नानी के जीवन काल में, चौके में प्रवेश तो क्या, आँगन टपना भी वर्जित था। पर नानी अब नहीं हैं, कई सालों से नहीं हैं, और संगीता है। उतने ही कई सालों से तो नहीं, पर पिछले कुछ सालों से, संगीता है। जब घर में उसका होना तय हो रहा था, यानी जब काम पर रखे जाने की बातचीत हो रही थी, तब, मुझे याद है माँ ने उसकी जात पूछी थी। और तुरत ही यह भी कह दिया था कि जात-पाँत में उनका विश्वास नहीं है। यह विश्वास न होने की बात जिस तरह कही गयी थी, उससे पता चल गया था कि संगीता का रखा जाना अब तय है।

माँ जात पूछती हैं, कुछ तो उत्सुकतावश और कुछ जात-पाँत का उपहास करते हुए। जात पूछने की उनकी सहज इच्छा होती है, लेकिन उसमें उन्हें सहज अविश्वास भी है, और दोनों को वे सहजता से जाहिर भी कर देती हैं। साफ बोलना उनका उसूल नहीं उनका स्वभाव है, जिसे नष्ट होने से उन्होंने जरूर बचाया है।

सचमुच माँ का सामाजिक क्रान्ति का शौक है। जिसे हर रोज छोटे-मोटे स्तर पर वो पूरा भी करती रहती हैं। नहीं। इस तरह कहना उनके साथ ज्यादती होगी। माँ को परिवर्तन में आस्था है। परिवर्तन की

आवश्यकता में आस्था है। लेकिन परिवर्तन कहीं भी दृष्टिगोचर तो है नहीं। न ही उनकी छोटी-मोटी क्रान्ति का प्रभाव दृष्टिगोचर होता है।

अब क्रान्ति करना हर किसी के बस की बात तो है नहीं। क्रान्ति कोई नये डिजाइन की साड़ी तो है नहीं, कि लीजिए भाई, बाजार गये और क्रान्ति डिजाइन की साड़ी खरीद ली। घर आये, साड़ी पहन ली और आईने के सामने इठलाते हुए खड़े हो गये कि कहिए जी, कैसी लगती हूँ मैं क्रान्तिकारी बनकर?

खैर, जब कभी माँ क्रोध में आती हैं तो तात्कालिक कारण पर पाँच मिनट जाया करने के बाद वो इसी मुद्दे पर चली आती हैं, जिसे वे असल मुद्दा कहती हैं और इसमें अनन्त कुछ को लपेट लिया जाता है। सामाजिक ओछापन और अन्याय, उससे उत्पन्न घोर निराशा, उससे उत्पन्न अकर्मण्यता और फिर उससे उत्पन्न भ्रष्टाचार, और अन्त में व्यक्तिगत रिश्तों की बेईमानी पर आकर बात टूट जाती है।

अभी कल-परसों ही यह हादसा होकर गुजर चुका है इसलिए भूली नहीं हूँ।

थककर चुप हो जाने के बाद माँ काफी देर तक सन्नाटे में रहती हैं। फिर मैंने गौर किया है, एक कविता है, जरूर उनकी पसन्द की कविता है, जिसे वे बोल-बोलकर सुनती रहती हैं, ऐसे जैसे हर बार नया रहस्य जान रही हों। शायद कविता पुल हो जो उन्हें 'नॉर्मल्सी' तक छोड़ आती हो—"आओ, तुम्हें तुम्हारे नगर तक छोड़ आऊँ...।"

पर मैंने देखा है कविता की कुछ पंक्तियाँ ही उन्हें मंजूर हैं—

'रेत का विस्तार
नदी जिसमें खो गयी
कृशधार।'

माँ, वे पंक्तियाँ गोल कर जाती हैं जो मेरी पसन्द की हैं—

'किन्तु
जब-जब जहाँ भी जिसने कुरेदा,
नमी पायी और खोदा,
हुआ रससंचार।'

इन तमाम पंक्तियों के भाव चाहे जो भी हों, मुझे इन्हें पढ़कर हमेशा लगा है कि मैं एक ट्रेन में बैठी हूँ और ट्रेन नदी के ऊपर बने लोहे के पुल से हड़ड़-हड़ड़ करती हुई गुजर रही है। नीचे मखमल जैसा बालू बिछा है जिसके ऊपर पानी की दो-तीन धारियाँ जमी हुई हैं और डिब्बे में बैठे लोग उनमें सिक्के फेंक रहे हैं।

लेकिन माँ है कि अविराम बोले जा रही हैं—

'झरा मेरे आँसुओं का भार,
मेरा दुःख धन,
मेरे समीप अगाध पारावार,
उसने सोख सहसा लिया
जैसे लूट ले बटमार।
और फिर आक्षितिज,
लहरीला मगर बेटूट,
सूखी रेत का विस्तार।'

लेकिन रस संचार की याद दिलाना मेरे लिए वर्जित है। एक बार जब मैंने अपनी ओर से ये पंक्तियाँ जोड़ दी थीं तो माँ ने मुझे उद्धत और उद्दण्ड कहकर कविता और कमरे दोनों से बेदखल कर दिया था।

हालाँकि माँ वही कहती हैं जो उन्हें हठात् कहना होता है, कुछ और कहकर, कुछ और बताने वाला उनका स्वभाव नहीं है। फिर भी मुझे लगा था कि माँ मुझे उद्धत और उद्दण्ड इसलिए कह रही हैं क्योंकि मैं बेकार हूँ। आजकल जो कोई भी मुझसे जो कुछ भी कहता है, मुझे लगता

है इसलिए कह रहा है क्योंकि मैं बेकार हूँ।

अब देखिए न, ये सब जो कुछ भी सोच रही हूँ इसीलिए न कि बेकार हूँ। और चूँकि मेरी सोच में संगीता की जात भी मौजूद है, मुझे लग रहा है कि मेरे अन्दर कहीं नानी भी मौजूद हैं।

बेचारी नानी! बेचारी तो थीं ही। पतले किनारे की सफेद साड़ी पहनकर जीवन काट दिया। कभी-कभी का उनका रोना याद है। कैसा अविश्वास और कैसा आतंक मुझे होता था। लेकिन मेरे लाख पूछने पर उन्होंने कुछ नहीं कहा। कुछ तो कहा होता नानी!

बेचारी तो संगीता भी है। पर वह तो खुलेआम पति के निखट्टूपन पर रोती है। निखट्टू और पियक्कड़। जो कमाया ताड़ी में झोंक दिया। कहती है बेटे भी वैसे ही निकले हैं। निकलना क्या है? उसके मोहल्ले में तो सभी वैसे ही हैं। घर बनाने के लिए जो कर्ज उसने लिया था, अपने हर महीने के वेतन से चुका रही है। हाथ में न एक पैसा, न अन्न का एक दाना। कभी खाना पका, कभी न पका! ताड़ी पीनेवालों का क्या? अजब भुखमरी है। तभी तो जो दो उसी पर टूट पड़ती है। खैर, संगीता की बेचारगी एक अन्तहीन सिलसिला है जिसे मेरी सोच निपटा नहीं सकती।

खुद मैं सोच-सोचकर पागल हो जाऊँगी। वाकई डर लगता है कि कहीं पागल तो नहीं हो रही? और यह डर 'कहीं छिपकली देह पर न गिर जाए' की तरह का रोमांचक स्फूर्तिदायक डर नहीं होता कि वह गिरे और आप उछलकर खड़े हो जाएँ। यह एक अजब गँदला, पनैला, बदबूदार डर है जो रात को धीरे-धीरे कहता हुआ फैलता है कहीं तू पागल तो नहीं हो रही? ऐसी रात को जब आप सारी रात छत देखते रहें, और न छत गिरे न पलक झपके। हर वक्त दिमाग के पिछले दरवाजे में खट्-खट् होती रहती है कि बेकार बैठी हूँ।

बेकार यानी कि कहीं भी मेरी अनुपस्थिति से कोई रिक्तता नहीं

आती। कहीं भी मेरी हाज़िरी जरूरी नहीं। न कॉलेज के किसी क्लास रूम में मेरा नाम बार-बार पुकारकर सेकेण्ड भर का अर्थ-भरा मौन रखा जाना है, न दफ्तर के किसी रजिस्टर पर मेरे नाम के आगे लाल कलम का निशान लगना है। मैं दोनों में से कहीं नहीं हूँ। न सालाना इम्तिहान देने हैं, न चार महीने बाद प्रोमोशन होना है। मेरे एक करीबी रिश्तेदार जो काफी प्रबुद्ध माने जाते हैं, हाल ही में घर आकर कह गये हैं कि इस समाजशास्त्र और साहित्य जैसे विषयों के शुद्ध अध्ययन का कोई 'रोजी प्रॉस्पेक्ट' नहीं है।

तो पुरानी छपी हुई किताबों की धूल-भरी लाइब्रेरी का कोई 'रोजी प्रॉस्पेक्ट' नहीं है। 'रोजी प्रॉस्पेक्ट' है टेलीविजन और कम्प्यूटर के जगमगाते पर्दों का। पर दिक्कत तो यह है कि इन जगमगाते पर्दों पर हाथ रख देने से इनमें आविष्ट नहीं हुआ जा सकता। ये जगमग हैं, पर जादू नहीं कि छूते ही जज्ब कर लें।

टेलीविजन पर बिना बाँह और बिना पेट की कमीज पहने लड़कियाँ सिनेमा हाल से निकलते दर्शकों से पूछती रहती हैं कि फिल्म उन्हें कैसी लगी और क्यों? पर पेट दिखानेवाली इन लड़कियों में से कई हैं, जिनके पेट में देखने-दिखाने जैसी कोई बात नहीं।

कमीज के इनके पेट से पहले ही खत्म हो जाने से कोई नयन सुख प्राप्त नहीं होता। हाँ, अगर पेट सुन्दर, सुडौल हो, तो कमीज को उसके पहले ही खत्म हो जाने का पूरा हक है।

आखिर गुलाब खूबसूरत है तभी तो प्रेम का प्रतीक माना जाता है। अब कुकुरमुत्ते को तो नहीं माना जाता। लेकिन कुकुरमुत्ते की सब्जी अच्छी होती है। स्वादिष्ट। यों कभी-कभी मुझे गुलाब भी बड़ा सामान्य फूल लगता है। और लाल गुलाब का रंग भी जरूरत से ज्यादा गाढ़ा होता है। जैसे गलती से एक ब्रश की जगह चार ब्रश चल गये हों। आजकल मेरा प्रिय फूल है—बेला। हमारे सारे बगीचे में खिला हुआ है। हो न हो, मेरे

पानी देने से ही पत्तों से भी ज्यादा फूल खिले हैं। कैसा रेशमी सफेद रंग है। और कैसी खुशमिजाज खुशबू—जिसका एक झोंका ही मन की सारी मटमैली सोच धो डाले।

बहरहाल, किसी खूबसूरत काया के यों माइक थामे, लहराते हुए, झुकते जाने में कुछ बात तो है जरूर। पर यहीं प्रोड्यूसर ज्यादती कर देते हैं। इन हल्के-फुल्के छींटों में सजी रमणियों के साथी पुरुष ऐसे दिखते हैं जैसे कॉरपोरेट मीटिंग के लिए तैयार हों। उन्हें तो बगैर कमीज आना चाहिए, जैसे कि आजकल 'आफ्टर शेव' वगैरह के विज्ञापन में होता है। ये तो हिन्दी फिल्मोंवाली बात हो गयी कि पहाड़ की बर्फीली चोटी पर प्रणय गीत चल रहा है—हीरो फर के जैकेट में है और हीरोइन जालीदार कुर्ते में।

खैर, कमीज की लम्बाई जो भी हो, और बेशक वह हो न हो, पर यह काम मुझसे नहीं हो सकता। मुझसे इन आफ्टरशेव, सिगरेट वगैरह के विज्ञापन बनानेवाली कम्पनी का काम भी कैसे हो सकता है? मुझे तो आड़ी-तिरछी रखी एक गाड़ी और छः इंच हील और बित्ते भर की स्कर्ट पहने भागती हुई लड़की का तारतम्य ही समझ में नहीं आता। फिर रेगिस्तान का सूरज, पत्थरों पर वार करता समुद्र, फिर बारिश में भीगती, टेढ़ी घुमावदार सड़क पर फिसलती गाड़ी—मैं तो इन छवियों को एक के बाद एक करीने से लगा ही नहीं सकती।

मैं बस इन्हें धीरे-धीरे एक दूसरे में 'डिजॉल्व' होते देख सकती हूँ। और फिर सोच सकती हूँ।

क्या मुझे सोचने की नौकरी नहीं मिल सकती?

"देखिए, मैं दिन-रात सोचा करूँगी। अच्छा सोचा करूँगी। आप कहें तो खुद 'रोज' यानी कि गुलाब के बारे में सोचा करूँगी। हालाँकि गुलाब मेरा प्रिय फूल नहीं है, फिर भी सोचा करूँगी। गुलाब की कितनी नस्लें हैं, कितनी हो सकती हैं, कितने रंग हैं, कितने रंग हो सकते हैं,

गुलाब किसे, कब, कहाँ, कितना झुककर पेश किया जा सकता है...।"

पर मैं सिर्फ सोचती ही नहीं, सब्जियों में छौंक भी लगा सकती हूँ—जैसे कि अभी लगा रही हूँ।

क्या मैं ये भी कहूँगी कि मैं सब्जियों में छौंक लगाऊँगी? रोजी प्रॉस्पेक्ट?

लेकिन सब्जियों में छौंक लगाने और सोचने में कोई नाता नहीं है। सब्जियाँ 'कॉमनसेन्स' से पकायी जाती हैं और सोचना अलग बदस्तूर जारी रहता है। यानी कि 'कॉमनसेन्स' और सोच दोनों साथ-साथ दौड़ सकती हैं। यानी दोनों दिमाग के अलग-अलग ट्रैक में रहती हैं। और एक मन होता है जो इच्छाएँ करता है। और एक दूसरा मन होता है जो बताता है कि यह इच्छा अच्छी है, यह बुरी। और एक तीसरा मन होता है जो आहत होता है।

या ये तीनों एक ही मन हैं? यह मन दिमाग में रहता है या कहीं और?

और इन सबके पीछे एक पिछला दरवाजा होता है, जहाँ अब भी खट्-खट् हो रही है। ओफ! वाकई, सारा दिन किचन में खड़े-खड़े बिता देती हूँ, ऐसे तो मैं सचमुच पागल हो जाऊँगी।

पर पिछले दो-चार दिनों से लग रहा है कि शायद न भी होऊँ। मन को उसकी बेतरतीब, बेबुनियाद, बल्कि बकवास सोच से जरा-सी छूट मिली है।

छूट?

मन का अपनी सोच पर वश नहीं है क्या? मन अवश है क्या? इतना तो है कि दिमाग की इन समानान्तर ट्रैकों में चलने वाली 'रेस' की कोई लगाम नहीं होती।

क्या संगीता के दिमाग में भी ऐसी कोई ट्रैक होगी? उसपर कौन-सी रेस चलती होगी? सौ मीटर? दो सौ मीटर? हर्डल? या मैराथन?

लेकिन मेरे दिमाग की ये बेलगाम रेस जरा थम गयी लगती है। इन ट्रैकों के आसपास ही किसी जगह, शायद एक चौकोर-से चकत्ते में, एक खुफिया रोमांच धीरे-धीरे उफन रहा है।

सन्दिग्ध-सी एक हवा है, जो किचन में आते ही मुझे घेर लेती है। यहीं, बिल्कुल यहीं, दाल-चावल के पुराने कनस्तरों के पीछे—एक षड्यन्त्र चल रहा है। चुपचाप, चोरी-छिपे, पर्दे के पीछे कुछ डोल रहा है। कमरे में एक फड़फड़ाहट है। मैं एक गुप्तचर हूँ और मुझे इसे अपनी मुट्ठी में पकड़ लेना है।

मुझे संगीता पर शक है। संगीता कल से आयी भी नहीं। माँ कहती है कि संगीता ईमानदार और अक्खड़ है। लेकिन मेरी दो दिन की तहकीकात कहती है कि संगीता तो संगीता है ही नहीं, संगीता मनकीया है।

मनकीया नहीं होगी मानकी होगी। बतानेवालों ने बताया है कि भले ही वह अपना नाम बदल ले, अपनी जात तो नहीं बदल सकती।

उसका कर्ज बहुत बढ़ गया था और इतना कर्ज लेकर बनाये गये उसके घर में एक भी दरवाजा नहीं था।

उसने अपना नाम ही नहीं बदला, वह मानकी से संगीता हो गयी। उसने सोचा वह अपना घर बदल लेगी। उसने सोचा वह अपनी जिन्दगी बदल देगी।

लेकिन, बतानेवालों ने बताया है कि कल उसका अपने पति से भयानक संग्राम हुआ था। उसने अपने पति के मुँह पर थूका था। और उसके बाद उसके पति ने उसकी जबरदस्त धुनाई की थी।

माँ उसके स्वस्थ होकर लौट आने की प्रतीक्षा कर रही हैं। मैं सबूत पाने की प्रतीक्षा कर रही हूँ।

माँ कहती हैं कि जैसे सबकी एक दादी होती है माँ की भी एक दादी थीं। माँ की दादी के जमाने में घर में घोड़े थे। अस्तबल था, गुमाश्ते

थे। घोड़ों के लिए चना फूलता था। माँ की दादी को शक था कि गुमाश्ते चने चुराते थे।

वो, एक शाम को चटाई में लिपटकर अस्तबल की दीवार के सहारे खड़ी हो गयी। जब देर रात गुमाश्तों ने चने में हाथ डाला, तो चटाई की तहों से निकलकर उन्होंने उनका हाथ थाम लिया। वे कोई शाही गुप्तचर होंगी, जिनकी काया चटाई की तहों में लिपट गयी।

सुनते हैं कि क्लीयोपेट्रा कारपेट में लिपटकर जुलियस सीजर से मिलने आयी थी। मैं न तो कारपेट में लिपट सकती हूँ, न चटाई में। मैं तो चादर की एक गठरी बनकर भी किचन में नहीं बैठ सकती कि संगीता इन कनस्तरों की ओर हाथ बढ़ाये और लपककर पकड़ लूँ।

माँ यह भी कहती हैं कि उनकी दादी नाक में एक बुलकी पहनती थीं, जिसमें लाल रंग का एक पत्थर जड़ा था। पंचानवे की उम्र में यह पत्थर उनके चेहरे के रंग में प्रतिबिम्बित होता था।

वो दप्-दप् रंग मुझ तक आते-आते खाक हो चुका है। कैसा ऊसर-धूसर सा रंग लगता है अपना मुझे। जरा देर आईने के सामने ठहरती हूँ तो घबराहट होती है। जब तक रोज कॉलेज जाती थी, ऐसा नहीं था। तब आईने में यों घूर-घूर कर ढूँढ़ना कहाँ होता था! तब तो खुद-ब-खुद पता चल जाता था। सच, आदमी खुद को ही देखकर खुद निर्णय कैसे ले ले? खैर।

एक पूरा दिन और बीत गया है संगीता के आये बगैर। मगर बगैर उसके आये भी मैंने सबूत जुटा लिया है। सबूत मुझे चायपत्ती-चीनी के कनस्तरों में नहीं, आलू की टोकरी में मिला है।

सप्ताह-भर से आलू खरीदकर ज्यों का त्यों पड़ा था। तो तौल में उसे पूरे पाँच का पाँच किलो ही होना चाहिए। लेकिन जब फेरी के उसी सब्जीवाले को बुलाकर मैंने दुबारा तौलवाया, तो आलू साढ़े तीन सौ ग्राम कम थे। पूरे साढ़े तीन सौ ग्राम कम!

हालाँकि इस सबूत में रँगे हाथ पकड़ने जैसी कोई बात नहीं है। यह तो दिखता है कि आलू रखे-रखे तौल में कम हो गये, पर यह कहाँ दिखता है कि ये तौल संगीता पार कर गयी? गुप्तचर के हाथ एक सुराग तो लगा है, पर कहे कैसे?

माँ कहती हैं कि दादी के जमाने में जब मजदूर औरतें धान कूटकर आँगन से जाया करती थीं, तो कहीं वे अपनी साड़ी की तहों में धान चुराकर न ले जा रही हों, दादी इसकी पूरी चेकिंग करती थीं। यानी उनकी साड़ी वगैरह उतरवाकर। साड़ी तो साड़ी पर वगैरह उतरवाकर वे किस चीज़ की चेकिंग करती थीं? वाकई बस चेकिंग करती थीं?

क्या मैं संगीता की साड़ी वगैरह उतरवाकर चेकिंग करूँगी? उसके पति ने उसे कहाँ-कहाँ मारा होगा? साढ़े तीन सौ ग्राम आलू का उभार कहाँ छिप सकता है?

क्या आदमी कुछ भी ढँका हुआ नहीं देख सकता? आदमी चाहे और कुछ भी हो, उसकी जात एक ही होती है—आदिम, आदम।

माँ की दादी भी इसी जात की थीं, मेरी नानी भी, संगीता भी है, और मैं भी रहूँगी। संगीता आएगी तो उससे कहूँगी कि तेरी-मेरी एक ही जात है, और इस छोटे से कमरे की तेरी सारी हरकत मैं देख चुकी हूँ। देखना मुझे और कुछ भी नहीं है पर कहने को तो पूरी पोथी है।

पर संगीता अब कभी नहीं आएगी। सब बता रहे हैं कि संगीता पागल हो गयी है। उसे पागलखाने भेज दिया गया है। वह सारी रात अपने घर में दरवाजा बनकर खड़ी रहती थी! अपने दोनों हाथ फैलाये, वहाँ रखे जहाँ चौखट होनी चाहिए थी, वह काठ बनी रहती थी। पति को गँड़ासे से मारती थी। मोहल्लेवालों को गालियाँ देती थी।

संगीता पागल हो गयी है। मानकी पागल हो गयी है। माँ उसके लौट आने की प्रतीक्षा नहीं कर रहीं। उनकी छोटी-सी क्रान्ति फिर से मर गयी है। और मैं? शून्य हो गयी हूँ।

दिमाग का सारा ट्रैक, सारे चारखाने, सारे वृत्त एकदम खाली हो गये हैं। मैं दौड़कर उसके पास जाना चाहती हूँ और कहना चाहती हूँ कि नहीं-नहीं संगीता, तू पागल नहीं हुई। पागल होना कोई सर्दी होना तो है नहीं कि सुबह उठे और सर्दी होने की तरह पागल हो गये। पागल धीरे-धीरे होते हैं, सोच-सोचकर, मेरी तरह।

उस पर भी क्या पागल होना! मन तो पहले से ही अवश है। जब मन ही अवश है, तो उसका नॉर्मल और पागल होना क्या! पर पागल तो दिमाग होता है। पर दिमाग होता क्या है? एक के बाद दूसरी ट्रैक, नसों का जंजाल! दिमाग होता भी है या कि सिर्फ लिजलिजे मांस का लोथड़ा होता है? होता तो मन है—एक अवश, बेबस मन।

संगीता कहाँ है? वह मेरी आवाज नहीं सुन सकती। शायद सुने तो समझ नहीं सकती। क्या पागल होने पर अपनी भाषा में बोले गये शब्द, सिर्फ चढ़ती-उतरती आवाजें लगते हैं? या फिर कोई शोर, कोई चीख या प्रलाप...जो भी हो दिन में मैं खिड़की की सलाखें देखती हूँ और रात को छत। लगता है मेरे साथ धोखा हुआ है।

आवाजें

सुरभि माँ को चिट्ठी लिखने बैठी। चिट्ठी माँ को सम्बोधित थी। इसलिए उसके शुरू होने से पहले माँ का सम्बोधन आवश्यक था। यों बातचीत में सुरभि जब माँ को सम्बोधित करती थी तो सिर्फ 'माँ' कहती थी, कहीं बाहर से आती थी तो जोर से 'माँऽऽ' कहकर पुकारती थी और इतनी जोर से पुकारने के कारण कई बार उपालम्भ भी सुनती थी।

पर चिट्ठी लिखने में ऐसे जोर से पुकारकर 'माँऽऽ' नहीं लिखा जा सकता। यह चिट्ठी लिखने की लाचारी थी। उसमें लिखकर कहना था।

उस लिखे हुए सम्बोधन में सिर्फ 'माँ' कहने का तकाजा नहीं था। चिट्ठी को अपेक्षा थी कि उसमें लिखा जाए—'पूजनीया माँ!' 'मेरी प्रिय माँ' भी लिखा जा सकता था और सिर्फ 'मेरी माँ' भी।

लेकिन माँ के आगे और कोई विशेषण लगाने की सुरभि की इच्छा नहीं हुई। जैसे कि वह पुकारा करती थी, उसने सिर्फ 'माँ' लिखा। अगली पंक्ति उसने बिना सोचे-समझे वह लिखी जो बड़ी देर से उसके मन में भटक रही थी। अब उसने चिट्ठी को पढ़ने के लिए देखा। उसमें लिखा था—

'माँ,

तुम्हारी बड़ी याद आती है।'

सुरभि को यह लिखा हुआ बेकार लगा। यह तो माँ जानती ही है कि

सुरभि को माँ की याद आती है। यह लिखने से पहले भी आ रही थी, लिखने के बाद भी आ रही है और लिखकर भेज देने के बाद भी आती रहेगी।

'माँ, तुम्हारी बड़ी याद आती है' से आरम्भ इस चिट्ठी को सुरभि मोड़कर लिफाफे में रखेगी, पता लिखेगी, पास के डाकखाने के बाहर बने लेटर-बॉक्स में डाल आएगी। यहाँ के डाक विभाग की नीली वर्दी पहने कोई डाकिया उसे निकालेगा, सारे दूसरे देशों में जाने वाली चिट्ठियों के साथ छाँटकर उसे अलग किया जाएगा, फिर वह न्यूयार्क या शिकागो या किसी और महानगर भेजी जाएगी, हवाई जहाज पर चढ़ाई जाएगी, सागरों-महासागरों के ऊपर से उड़ती हुई वह वहाँ पहुँचेगी, जहाँ भूरी वर्दी वाला कोई डाकिया अपने भूरे झोले में डालकर उसे सुरभि की माँ को देने जाएगा। माँ लिफाफे को खोलकर चिट्ठी पढ़ेंगी कि सुरभि को उनकी बहुत याद आती है। इतने हाथों, उपकरणों से गुजरती हुई माँ की याद सुरभि को माँ तक नहीं पहुँचानी।

उसने दूसरी चिट्ठी लिखने की सोची। इससे अच्छा है वह लिखे—'सब कुछ की बड़ी याद आती है।' माँ लिफाफा खोलकर पढ़ेंगी तो सोचेंगी सब कुछ यानी क्या? यानी सब कुछ। क्या वहाँ कुछ भी नहीं जो सब कुछ की याद ही आती है?

नहीं। सबसे अच्छा है सुरभि एक मजमूनी चिट्ठी लिखे। तय मजमून वाली जैसी कि अकसर चिट्ठियाँ होती हैं—'सुरभि ठीक है। ठीक से पहुँच गयी। यहाँ भी सब कुछ ठीक है।' ठीक यानी पूर्ववत्। पूर्णतः शान्त। लगभग उजाड़। इतना शान्त कि किसी आवाज क्या, आहट तक की गुंजाइश नहीं। इतनी शान्त है कि गूँजती है। दूर-दूर तक सिर्फ शान्ति जो अपने-आप से टकराकर लौट-लौट आती है। मजाल थी कि वहाँ सुरभि कागज के दो टुकड़ों के सामने कलम थामे इतनी देर शान्त बैठी रह जाती। दीपक कब का पीछे आ कर खड़ा हो गया होता। कागज

में झाँकता रहता। सुरभि खीजकर पीछे मुड़ती। "क्या है?" डपटकर पूछती—

"दीदी जी, सब्जी में कितनी मिर्च पड़ेगी?" दीपक हुलसकर पूछता।

"ओह! जितनी कल पड़ी थी। रोज सब्जी बनाते हो फिर रोज क्यों पूछते हो?"

"सब्जी कल से ज्यादा है।"

"तो ज्यादा मिर्च पड़ेगी, साधारण अन्दाज की बात है।"

"अन्दाज के लिए तो पूछ रहे थे!"

उलाहने के स्वर में कहता हुआ रूठा-सा चेहरा बनाये दीपक रसोईघर में चला जाता।

फिर सिर्फ उसे मनाने के लिए मिर्च का अन्दाज करने सुरभि उसके पीछे-पीछे रसोईघर में जाती।

"सुरभि चिट्ठी पूरी हो गयी?" छत से उतरती हुई माँ पूछतीं।

"एक सिटिंग में इस लड़की से कुछ होता ही नहीं है। चिट्ठी पूरी हो गयी होती तो मैं बाजार जा रही थी, डाल आती।"

सुरभि घूरकर दीपक को देखती—"तुम्हारे कारण मुझे डाँट पड़ी है।" यह सुरभि के द्वारा इस तरह देखे जाने से दीपक समझ जाता। वह होंठ दबाकर हँसता या न हँसने की कोशिश जैसा कुछ करता।

होंठ दबाकर इसलिए क्योंकि आगे के दोनों दाँत टूटे हुए थे और दीपक के कथनानुसार अनादिकाल से जम नहीं रहे। बगलवाले जो टूटे थे उनकी जगह जल्दी नये निकल आये थे। पर सामनेवाले निकल ही नहीं रहे। दीपक इससे आन्तरिक रूप से क्षुब्ध था। जब सुरभि को उसपर क्रोध आता था तो वह यही कहती कि तुम्हारे अगले दाँत कभी नहीं उगनेवाले। और सुरभि को दीपक के चेहरे से पता चल जाता है कि तीर निशाने पर लगा है। लेकिन उस वक्त सिर्फ उसे घूरकर सुरभि वापस

अपनी अधूरी चिट्ठी के पास चली आती। बाहर बरामदे की धूप में।

जहाँ से सड़क भी दिखायी देती थी। साइकिल पर दूध के डब्बों के खड़कने की आवाज आती थी। सुरभि उचककर उन्हें देखती। शायद रामगोपाल हों। कई बार रामगोपाल होते भी। सुरभि उन्हें देखकर हाथ हिलाती। रामगोपाल भी हाथ हिलाते।

रामगोपाल पुराने दूधवाले थे। सुरभि की माँ ने उनसे यह कहकर दूध लेना बन्द कर दिया था कि 'आपकी बेईमानी की अब सीमा नहीं रही। अब आप दूध में पानी नहीं, पानी में दूध मिला रहे हैं।'

पर मुहल्ले में किसी-न-किसी को दूध देने आये, उनके घर के सामने से गुजरते हुए रामगोपाल कभी-कभी भीतर चले आते। कर्ज माँगकर ले जाते। नयी बाछी खरीदने के लिए। और कभी-कभी यों ही बैठकर चले जाते।

सुरभि के आने के बाद से कई बार यों ही बैठकर चले गये हैं। 'हाल समाचार सुरभि बिटिया!' कहकर वे सुनने को उत्सुक बैठ जाते। और कुछ नहीं तो दैनिक अखबार में क्या खबर छपी है, यही जान लेना चाहते।

जब भी वे गुजरते सुरभि उन्हें देखकर हाथ हिलाती। और वे गुजर रहे होंगे यह सोचकर हर बार खड़कते हुए दूध के डब्बों को सुनकर उचककर देखती।

उचककर देखने में कई बार कोई दूसरा परिचित दिख जाता। सुरभि विनयवश उठकर गेट तक चली जाती। उन्हें अन्दर बुलाती। सुरभि से मिलने वे लोग अन्दर आकर बैठ जाते। दीपक को चाय के लिए कहने जाती। दीपक घोर नाराजगी के साथ ही सुरभि को देखता कि एक ओर दाल दूसरी ओर सब्जी चढ़ी है। चाय भला कैसे बनाऊँ? सुरभि दुबारा कहती, "चाय चढ़ाओ!" उसमें निहित रहता कि सब्जी उतारो और चाय चढ़ाओ।

दीपक इन असमय चाय पीने के लिए आनेवालों और असमय चाय पिलानेवाली सुरभि दोनों से सख्त नाराज रहता।

लेकिन असल में दीपक और सुरभि के बीच बात-बात में प्रकट होनेवाली नाराजगी की जड़ें ज्यादा गहरी थीं।

घर के सामनेवाली जमीन में दीपक धनिया लगाना चाहता था। चाहता क्या था, लगा रखा था। बीज उसने काफी पहले छिड़क दिये थे। सुरभि जब आयी थी धनिया के छोटे-छोटे हरे-हरे पौधे उगे हुए थे। दीपक नित्य बड़े मनोयोग से धनिया के पत्ते तोड़ता और हर किसी चीज में डालकर सुवासित किया करता था। गनीमत थी कि उसने चावल और रोटी बे-धनिया बनाते रहने की सोच रखी थी। वर्ना तो पत्ते तोड़ते समय, उन्हें धोते समय, पकाते समय, और फिर खाते समय, वह धनिया की खुशबू में ऐसा लहालोट रहता था कि जैसे दुनिया में और कोई खुशबू ही न हो।

लेकिन दुनिया में और खुशबुएँ थीं और यही सारे फसाद की जड़ थीं। सुरभि उस जगह में कामिनी और पारिजात के पेड़ लगाना चाहती थी। सुरभि का कहना था कि कामिनी की खुशबू जैसी और कोई खुशबू नहीं। उतने विशाल पेड़ में वैसे नाजुक और मीठी खुशबू वाले फूलों का निरन्तर खिलना और खिलकर झरना अद्‌भुत बात थी।

माना कि पारिजात में खुशबू नहीं थी पर रूप था और वह भी मनोहारी रूप था। खुशबू नहीं थी तो इसलिए नहीं थी कि पारिजात को स्वर्ग से गन्धहीन और गुणहीन करके निष्कासित किया गया था। किन्तु वह अपदस्थ भी था तो स्वर्ग से। इस धरती पर जहाँ कहीं भी हो उसकी उपस्थिति स्वर्गिक थी। उसका रूप स्वर्गिक था।

दीपक का कहना था कि फूल तो धनिया के भी कोई कम सुन्दर नहीं होते—कितने सुन्दर सफेद छाते जैसे फूल खिलते हैं।

"हाँ, खिलते तो हैं और खिला करें," सुरभि ने कहा था, "किन्तु

कामिनी और पारिजात के नीचे खिला करें।''

''नीचे नहीं खिल सकते,'' दीपक ने कहा था, ''धनिया को धूप चाहिए।''

''पर उन्हें यदि रहना है और खिलना है तो कामिनी और पारिजात के नीचे ही खिलना होगा।'' सुरभि ने दुबारा जोर देकर कहा था।

और सुरभि कामिनी और पारिजात के पेड़ ले आयी थी। उन दो पेड़ों को एक-दूसरे से एक हाथ की दूरी पर लगाने के लिए सुरभि को धनिया के पाँच-छः पौधे उखाड़ने पड़े थे।

उन उखड़े हुए धनिया के पौधों को दीपक ऐसे दिनभर संजोए रहा था जैसे कोई अपने प्रेमी के भेजे गुलाब के गुलदस्ते को सँजोता है।

उस दिन दीपक ने भोजन करने से इनकार कर दिया था। सुरभि के पूछने पर उसने संक्षिप्त-सा उत्तर दिया था कि उसकी इच्छा नहीं है। लेकिन जब माँ ने दीपक को फटकारा कि भोजन रहते भोजन न करना अन्न का अपमान करना है तथा अन्न का अपमान ईश्वर का अपमान करने के बराबर है, तब दीपक अनमने भाव से थाली लेकर बैठा था, फिर तन्मय होकर खाने लगा था।

दीपक ने खा तो लिया था लेकिन सुरभि उसके धनिया के पेड़ों की अपराधिनी थी और कभी अपराध-मुक्त नहीं हो सकती थी। जब-तब दीपक और सुरभि के बीच नाराजगी की डोर तन जाती थी।

वैसे दीपक को इन दिनों सम्पूर्ण स्त्री जाति से नाराजगी थी, उसमें भी कम वयस्क स्त्रियों से, लड़कियों से। बताइए यह भी कोई बात हुई कि कल तक आप खेलते-खाते जीते-जागते प्राणी थे, माँ बाप, इष्ट मित्र, आस-पड़ोस के दुलारे थे, सब कहते थे कि फूल-सा खिला हुआ आपका चेहरा था, फिर खुद ही आपने बेवकूफाना हरकतें कीं और निराश होकर अपनी जान ले ली, जैसा कि मीतू ने किया था।

मीतू सामनेवाले घर में रहती थी। सामनेवाला घर जहाँ से दिन-रात का आना- जाना था। मीतू सुरभि से छोटी थी। बहुत पहले दोनों एक ही रिक्शे में स्कूल जाती थीं। उन दिनों सुरभि सातवीं में थी, मीतू ने पहली क्लास में दाखिला लिया था।

लेकिन पहली क्लास में पढ़नेवाली मीतू सुरभि के पीठ पीछे बड़ी हो गयी थी। लोगों का कहना है कि उसने किसी से प्यार किया था। फिर क्या कैसे हुआ, कोई नहीं जानता, शायद 'उसने' मीतू को धोखा दिया था। कोई नहीं जानता कि कौन-सी कैसी परिस्थितियाँ हुईं, मजबूरियाँ हुईं। लोग जानते थे तो बस इतना कि मीतू किसी को बहुत चाहने लगी थी और फिर एक दिन उसने आत्महत्या कर ली। जरूर वह चाहत बहुत प्रबल रही होगी और उससे मिली चोट भी। उस दिन दिनभर मीतू घर से बाहर रही थी। और घर लौटकर उसने खुद को खत्म कर दिया था। इससे ज्यादा कोई नहीं जान सका था। सुरभि जब आयी थी तब उसे बताया गया था कि मीतू अब नहीं है, मीतू इज़ नो मोर...

कुछ समय तक आसपास के सारे घरों में मातमी सन्नाटा छाया रहा। फिर धीरे-धीरे कुछ अजनबी, कुछ जानी-पहचानी आवाजों ने उसे भर दिया था।

गली से निरन्तर गुजरनेवाले, घरों में जबरदस्ती घुस आनेवाले फेरीवाले, सुबह सवेरे ताजी सब्जी की टोकरी सिर पर लादे देहात से आये सब्जीवाले, जो सुबह की पहली बोहनी का निवेदन लेकर, साग के अत्यन्त ताजे होने का प्रलोभन देकर, घरों में सब्जियाँ दे ही जाते हैं...बंगाली ताँत की साड़ीवाले, कश्मीरी शॉलवाले, जिनसे एक साड़ी या शाल का मोलभाव कराने सारा पड़ोस एकत्रित हो जाता था...जिन्हें सुरभि की माँ कई बार खीजकर अन्दर नहीं बिठाती थीं कि अभी समय नहीं है और अगले दिन वे फिर हाजिर हो जाते थे।

सुरभि इन सब आवाजों की, फेरीवालों की पुकारों की शुक्रगुजार

थी। इसलिए नहीं कि इन आवाजों ने मीतू के न होने के सन्नाटे को भर दिया था। मीतू नहीं थी तो सन्नाटे में भी नहीं थी और इन आवाजों में भी नहीं थी। मीतू नहीं थी और उसके होने की रिक्तता थी।

सुरभि शुक्रगुजार थी सिर्फ इन आवाजों की, इनके होने की।

पड़ोस में छोटा-सा एक प्राइवेट स्कूल था, जहाँ हर दोपहर शायद गणित की क्लास होती थी जिसमें बच्चे जोर-जोर से चिल्लाकर गिनती गिनते। एक से लेकर जब तक घण्टी न लग जाए, वहाँ तक।

"शोर के मारे आदमी दस मिनट दोपहर में आराम तक नहीं कर सकता। इतना जोर से चिल्लाने से क्या जल्दी याद हो जाता है!" यह सुरभि की माँ की ही नहीं, आस-पास के सभी लोगों की शिकायत थी। लेकिन गिनती हर दोपहर होती थी, सुरभि बड़े ध्यान से बाहर खड़ी होकर सुनती थी।

सुरभि को बाहर खड़ा देखकर, मुँह में पान का बगूला भरे रद्दी अखबारवाला गली से गुजरते हुए रुक जाता और 'रद्दी अखबारवाला...' कहकर तब चिल्लाता था जब तक सुरभि झुंझलाकर कह न देती कि उसे अखबार नहीं बेचना। लोहे, टीन खरीदनेवाला, कपड़े से बर्तन बदलनेवाली, सिलबट्टा कूटनेवाला, जो अन्दर आकर पुकारते—"आज सौदा होगा या नहीं।" सुरभि बाहर आकर कहती—"नहीं होगा।" सुरभि उन्हें देखकर मुस्कुराती पर यह नहीं कह पाती कि वह उनके यों आते रहने की, आकर पूछते रहने की कितनी शुक्रगुजार थी। यहाँ उनमें से कोई नहीं आता। सुरभि जानती है कि इन सड़कों की, गलियों की, मोहल्लों की चुप्पी कितनी जानलेवा हो सकती है। सुरभि भले ही सुबह से शाम तक बैठी रहे पर कोई आकर नहीं पूछेगा—"दीदीजी, आज सौदा होगा क्या?"

कोई पीछे खड़े होकर यह देखने की कोशिश नहीं करेगा कि कागज में सुरभि क्या लिख रही है। आँखें बन्द कर सुरभि ने सुना, बच्चे साँस रोके चिल्ला रहे हैं "फोर-फोर फॉट्टी फोर"...

निपट उजाड़ बियावान में सुरभि कागज के दो टुकड़े फैलाये, कलम थामे बैठी थी। एक पर लिखा था, 'माँ, तुम्हारी बड़ी याद आती है।' दूसरे पर लिखा था, 'माँ, सब कुछ की बड़ी याद आती है।'

सुरभि ने दोनों कागज मोड़कर दराज में डाल दिये। चिट्ठी लिखने की कोशिश वह फिर कल दुबारा करेगी, उसने सोचा।

कोई भी दिन

जमाने बाद ऐसा मौका आनेवाला था। सोनू और बबलू के एक साथ किसी त्योहार पर घर रहने की सम्भावना थी।

उमा जी यह सोच पाने-भर से मुस्कुरा उठीं। वर्ना तो जब से दोनों पढ़ने बाहर गये, त्योहारों का सारा उत्सव और आह्लाद भी कहीं चला गया। दोनों का कभी एक साथ पर्व-त्योहार पर घर आने का कार्यक्रम बन ही नहीं पाया!

पहले तो कि उतनी छुट्टी ही नहीं हुई, यदि हुई भी तो साथ नहीं हुई, और साथ भी हुई तो एक का कोई एण्ट्रेन्स एग्जाम उसी दौरान पड़ गया। कभी-कभी तो दोनों ही नदारद रहे, त्योहार आये और बीत गये! उनके बिना क्या त्योहार!

वैसे करने के लिए उमा जी सारी त्योहारी रस्में निभा देती थीं, आखिर त्योहार को एकदम सूना भी तो नहीं जाने देना चाहिए, पर मन बच्चों के लिए टँगा रहता था। तब जाने कब का सुना एक लोकगीत उन्हें बेतरह याद आता था, उनके बचपन में जाने कौन उसे गाया करता था—'घर हीं कोसिला मइया करथिन सगुनमा...रने बने राम जी के बितएल फगुनमा...'

फागुन न सही, मकर संक्रान्ति ही सही। वे इस एहसास भर से सन्तुष्ट थीं कि साल की उस एक खास तारीख को जब तिल और गुड़

और चिवड़ा और लाई खाने का प्रयोजन होगा, उनके दोनों बच्चे उनकी रसोई में खाने की पाँत में बैठे होंगे। वे तिल के भुने जाने की सोंधी खुशबू से भर गयीं। और रात को घी से तर गरम खिचड़ी। उन्होंने सोनू और बबलू को गरम तले जाते हुए पापड़ के लिए छीना-झपटी तक करते देख लिया।

ओह, कितनी जल्दी गुजर जाते हैं बच्चों की छुट्टियों के दिन! क्या थोड़ी और लम्बी छुट्टियाँ नहीं हो सकतीं? उमाजी का बस चले तो उन्हें जाने ही न दें, यों भी कैसी मनहूस जगहों में सेना अपने अफसरों की पोस्टिंग करती है।

पर उन्हें ऐसा नहीं सोचना चाहिए। उन्होंने खुद को सँभालते हुए सोचा। दोनों बेटों की कितनी इच्छा थी पायलट बनने की। जब बारी-बारी से दोनों वायुसेना में चुन लिए गये थे, तो दोनों की खुशी का ठिकाना नहीं था। खुद न चाहते हुए भी उमा जी ने बच्चों की इच्छा पूरी हो जाने की प्रार्थना की थी। बच्चे जहाँ रहें, खुश रहें, आबाद रहें, तरक्की करें। और उनके लिए क्या यही कम खुशी की बात है कि मकर संक्रान्ति के दिन दोनों उनके पास रहेंगे?

सोनू को फिर अगले ही दिन ट्रेन पकड़नी है। दो दिन बाद उसे लद्दाख में रिपोर्ट करना है। इसलिए अगले दिन उसे हर हाल में ट्रेन में बैठ ही जाना है। अगले दिन यानी 15 जनवरी। उस दिन बुधवार है।

असल में बात यह है कि मकर संक्रान्ति यानी कि 14 जनवरी इस बार मंगलवार को पड़ रही थी और कुछ लोगों का यह कहना है कि मंगल को तिल का दान नहीं करना चाहिए। तिल का दान किये बगैर पर्व नहीं मनाया जा सकता। इसलिए बहुत से लोग बुधवार को मकर संक्रान्ति मना रहे थे। पर बुधवार को तो सोनू को चला जाना था।

मकर संक्रान्ति तो हमेशा से ही 14 जनवरी को थी और 14 को ही मनायी जाएगी। जिस दिन उनके बेटे घर में होंगे, उसी दिन संक्रान्ति

होगी। वह दिन मंगलवार हो या कोई और वार। पर अजीब बात है, इसी साल 14 जनवरी को मंगलवार होना था। ये सब बेकार का टोटका नहीं है?

जाने किसने उनसे मंगल को तिल दान की वर्जना की बात कह दी! बेकार का भ्रम डाल दिया! पड़ोसवाले जो गायत्री परिवार के शर्माजी हैं, वे मानते हैं कि सभी दिन शुभ होते हैं। जैसे मंगल वैसे बुध। यदि बुध को तिल दान हो सकता है तो मंगल को क्यों नहीं?

दिमाग में बात घर कर गयी थी तो ओह, अब खुद लग रहा था कि बेसन की तरह वे उसे फेनती ही जा रही हैं। सालों बाद बच्चे घर में होंगे और वे हैं कि बेकार के वहम पाल रही हैं! कोई ऐसा जानकार आदमी हो तो एक बार उन्हें आश्वस्त कर दे! हो सकता है बतानेवाले के पास मंगल के दिन तिलदान निषेध की कोई काट हो! यानी कि पहले आप ऐसा-ऐसा कर लें, फिर सब कुछ यथावत कर सकते हैं। क्या देवी मन्दिर जाकर वहाँ के पुजारी से पूछ लें? पर देवी मन्दिर में इतनी भीड़ रहती है, पुजारी के पास समय कहाँ होता है और फिर बिना किसी जान-पहचान के उसके पास जाना।

फिर यों ही सोचते-सोचते उमा जी को याद आया कि विन्ध्यवासिनीजी के किरायेदार भी तो पण्डित हैं। पण्डित होना उनकी जाति ही नहीं, उनका पेशा भी है। वे घरों में हवन-पूजा इत्यादि करवाते हैं। क्या उन्हीं से पूछ लिया जाए? शंका का जिस हद तक निवारण हो जाए अच्छा है। इस बार की मकर संक्रान्ति वे बेखौफ, निष्कण्टक मन से मनाना चाहती थीं।

उमा जी जिस शहर में रहती थीं, वह लम्बी दूरियों का बड़ा शहर नहीं था। जिस समय विन्ध्यवासिनी जी के किरायेदार पण्डित का खयाल उन्हें आया था, वह मध्य अपराह्न का समय था। रिक्शे से वे शाम होने से पहले ही विन्ध्यवासिनी जी के घर पहुँच सकती थीं। सचमुच, वे यदि

चाहें तो विन्ध्यवासिनी जी के घर का चक्कर लगाती हुई, चिन्तामुक्त होकर शाम ढलने से पहले घर वापस आ सकती थीं, और फिर घर में कोई खास काम भी इकट्ठा नहीं था। आज जाएँ कि कल का निर्णय लेने में समय गँवाये बिना उमा जी फौरन बाहर निकल आयीं और रिक्शा भी कर लिया। विन्ध्यवासिनी जी के घर गये यों भी बहुत दिन हो गये थे। बस, पहुँचते ही यह प्रसंग छेड़ने की जरूरत नहीं है। किसी न किसी तरह आखिर बातचीत को पूजा-पाठ, पर्व-त्योहार, कथा-कहानी तक तो पहुँचना ही है।

सोनू और बबलू सालों बाद किसी पर्व पर घर होंगे, उन्हें पहले से ही इस खुशी का ढिंढोरा पीटने की क्या जरूरत है? क्या पता किसकी नजर लग जाए? आखिर कहते हैं कि नहीं कि अपनों की नजर सबसे ज्यादा लगती है। उन्होंने ये कब कहा कि विन्ध्यवासिनीजी और उनका परिवार गैर है!

उमा जी का रिक्शा जैसे ही विन्ध्यवासिनीजी के घर के आगे रुका, सामने खेलते बाल दल में से कुछ बच्चे दौड़ उनके चरण स्पर्श करने चले आये। विन्ध्यवासिनी जी की बड़ी बेटी के दोनों बेटों के पीछे-पीछे फूहड़, उजड्ड दिखती हुई एक लड़की भी दौड़ी आयी। दोनों लड़कों की देखा-देखी उसने भी उमा जी के चरण छुए।

"क्या नाम है तुम्हारा?"

"उज्ज्वला।"

"वाह क्या सुन्दर नाम है! किस क्लास में पढ़ती हो?"

लड़की ने उस वक्त भी किसी स्कूल का यूनिफॉर्म ही पहन रखा था, हालाँकि उमा जी के अन्दाजन स्कूल खत्म हुए घण्टे भर से ऊपर हो रहा था।

"बी में।"

"बी तो तुम्हारा सेक्शन होगा, क्लास कौन-सी है?"

बी! लड़की के फिर वही जवाब देने पर दोनों लड़के मुस्कुराने लगे। फिर उमा जी ने ज्यादा जोर नहीं दिया।

तीनों बच्चों समेत घर के अन्दर प्रवेश करते हुए उमा जी ने गौर किया कि लड़की नंगे पाँव थी। लगता था बेचारी के माता-पिता उस पर अधिक ध्यान नहीं दे पाते। पिता तो पिता ठहरे, जाने उसकी माँ की क्या मजबूरी होगी!

विन्ध्यवासिनी जी घर पर नहीं थीं, कहीं पड़ोस में मिलने गयी थीं, लेकिन उनकी बहू एवं बड़ी बेटी (जिसके अपने ससुराल के साथ अच्छे सम्बन्ध नहीं थे और जो मायके में ही रहती थी) ने खुद को उमाजी के स्वागत-सत्कार में प्रस्तुत कर दिया। नंगे .पाँववाली लड़की ने भी, जिसका नाम, उमा जी ने याद किया, उज्ज्वला था, अपने लिए बैठक का एक कोना ढूँढ़ लिया था और वहाँ दुबक गयी थी।

विन्ध्यवासिनी जी की बेटी गौरी ने, उमाजी की कौतूहल-भरी नजरों का अनुसरण किया और बड़ी सहजता से उज्ज्वला से बात करने लगी मानो वह उज्ज्वला के वहाँ बैठे रहने की आदी हो।

"उज्ज्वला, दादीजी को प्रणाम किया?"

"हाँ, हाँ एकदम प्रणाम किया और आशीर्वाद भी पाया।" उमा जी को आगे और कौतूहल दिखाने की या उज्ज्वला सम्बन्धी कोई प्रश्न पूछने की आवश्यकता नहीं पड़ी।

उसी सहजता के साथ गौरी ने उज्ज्वला का परिचय देना आरम्भ किया। सविस्तार और सहृदय।

परिचय आरम्भ करते ही गौरी की आवाज में वह भावुकता आ गयी, बल्कि दया का वह भाव भी आ गया, जो अधिकांश लोगों की आवाज में गौरी की बात करते आ जाता था, और जिसे गौरी कभी अपने सन्दर्भ में अपनी आवाज में व्यक्त नहीं होने देती थी।

"बेचारी, पण्डितजी की बेटी है, देखिए, कैसी रिक्खिन-भिक्खिन

बनी घूमती रहती है। इतने छोटे बच्चे की कोई देखभाल नहीं करेगा तो बच्चा खुद को थोड़े ही सँभाल सकता है। पण्डितजी तो पूजा-पाठ करवाने के चक्कर में इधर-उधर भटकते रहते हैं और पत्नी तो उनकी, अब क्या कहा जाए!''

हालाँकि यह सब कहने के क्रम में गौरी की आवाज अपने आप धीमी हो गयी थी, फिर भी उसने उसे खुफिया ढंग से और धीमा किया और कोने में दुबकी उज्ज्वला की ओर एक तिरछी नजर डाली मानो जाँच रही हो कि उसकी आवाज इतनी धीमी कर देने पर भी वहाँ तक तो नहीं पहुँच रही?

''पण्डितजी की पत्नी जरा मेण्टली डिस्टर्ब्ड है।'' आखिरकार बड़े सन्दिग्ध अन्दाज में गौरी ने अपनी बात पूरी की।

गौरी की आवाज सचमुच बहुत मद्धम थी, फिर भी सारी बात का स्वरूप इतना सन्दिग्ध सा हो गया था, कि कोने में दुबकी छोटी-सी लड़की भी समझ गयी थी कि कुछ है जो उससे, खास तौर पर उसीसे छिपाया जा रहा है।

वह उठी और अपने नन्हे नंगे पैरों से चलती हुई कमरे से बाहर चली गयी।

उसके जाते ही लगा जैसे बात पर ढँकाव-छिपाव का जो फटा-पुराना पर्दा डाला जा रहा था, उतारकर फेंक दिया गया।

''मेण्टली डिस्टर्ब्ड क्या है? आधी पागल है,'' विन्ध्यवासिनी जी की बहू जया सारी बात को लेकर खुले में चली आयी—''घर इतना गन्दा रखती है कि जाकर दो मिनट वहाँ बैठने की आदमी की इच्छा नहीं होती है। बच्चों की हालत आप देख ही रही हैं।''

''बेटी पर और कम ध्यान देती है, बेटी कहीं आए-जाए कोई मतलब नहीं, बेटे को एक मिनट अपने सामने से हिलने नहीं देगी, दिन-भर गोद में लटकाये फिरती है, बेटे से कहेगी तुम मेरे पालनहार हो,

रखवाले हो...'' गौरी बोलते-बोलते हँसने लगी, जया को भी हँसी आ गयी, हालाँकि पण्डितजी की बेढब पत्नी की कहानी कहने का सुख जब गौरी ने अचानक उससे छीन लिया था तो जया क्षणभर को रुष्ट हुई थी, फिर हँसते-हँसते ही वह सुख जया ने गौरी से वापस ले लिया—

''बेटे का चेहरा हमेशा बाल में ढँककर रखती है कि कहीं देखनेवाले की नजर न लग जाए! लेकिन उसको भी कोई साफ-सुथरा नहीं रखती है और खुद तो इतनी गन्दी रहती है कि बाप रे! पास जाने से देह महकती है, माँ तो पण्डितजी से पिछले दो महीने से घर खाली करने के लिए कह रही हैं, अब करें तब न!''

''असल में, पण्डितजी की भी गलती है, माँ कहती हैं कि जब शादी होकर आयी थीं तो बहुत सुन्दर थीं, एकदम भोला-भाला चेहरा, पण्डितजी बहुत मारते हैं एकदम धुनकर मारते हैं, जब मारते हैं तो बेचारी के चिल्लाने की आवाज पूरे मुहल्ले में सुनाई देती है।''

गौरी की आवाज अतिशय कातर हो गयी थी या उन्हें ही वहम हुआ था, उमा जी ठीक-ठीक तय नहीं कर पायीं, गौरी के अपने पति और ससुरालवालों के साथ सम्बन्ध क्यों लगभग टूट से गये थे, कोई नहीं जानता था।

''पण्डित जी मारते हैं, यह तो बहुत ही बुरी बात है, बल्कि, घिनौनी बात है कि पण्डित होकर अपनी पत्नी को मारते हैं, जो आदमी ईश्वर की पूजा में दूसरों की सहायता करता है, उसका तो परम सात्विक आचरण होना चाहिए इस तरह की हिंसक प्रकृति पण्डित होने के चरित्र के प्रतिकूल है।'' उमा जी कहानी सुनकर बिना टिप्पणी किये रह न सकीं। जिस पाण्डित्य की तलाश में आयी थीं, वह यह पाण्डित्य कदापि नहीं हो सकता, उन्होंने लगभग तय कर लिया।

''और जानती हैं, अकसर मारते हैं।'' जया ने कुछ इस प्रकार हुलसकर कहा मानो पण्डितजी अभी आकर किसी कारण अपनी पत्नी

को पीटने लगें, तो उमा जी के सामने भी वह दृश्य उपस्थित हो जाए जिसका सिर्फ विवरण सुनकर उन्हें सन्तोष करना पड़ रहा है!

''हो सकता है शुरू से ही कोई मानसिक समस्या रही हो, लेकिन मारने से तो उसका समाधान नहीं होगा, जिसका अपने दिमाग पर वश नहीं है वह जानबूझ कर थोड़े ही ऊटपटाँग काम करता है, अगर डिप्रेशन है तो मार खाने से और बढ़ेगा ही! और सही में इलाज कराने के लिए पण्डितजी के पास पैसे नहीं हैं।'' गौरी की आवाज से हँसी बहुत दूर छिटक गयी थी, वह अब गम्भीर हो गयी थी।

''मानसिक रूप से बीमार किसी रोगी को उसके रोग के लिए मारना तो बहुत ही निर्दयी होना है।'' उमा जी को वह व्यक्ति पुजारी के वेश में छिपा चण्डाल नजर आने लगा।

''क्या सचमुच उसके पास अपनी पत्नी के इलाज के पैसे नहीं हैं? आखिर घर-घर जाकर पूजा-कथा करवानेवाले पण्डित की कमाई ही कितनी होगी। लेकिन अगर बीमारी शारीरिक होती, गुर्दे या फेफड़े की तब भी क्या पण्डितजी इलाज नहीं करवाते? या नहीं करवा पाते? पर तब निश्चित रूप से मारते नहीं। या क्या पता, कुछ लोगों का हाथ इतना बहका हुआ होता है!''

उमा जी पण्डितजी का कुछ इस प्रकार चरित्र विश्लेषण करने लगीं कि उनसे धर्म तो क्या कर्मकाण्ड विधि-विधान सम्बन्धी कोई निर्देश लेने की उनकी इच्छा पूर्णतः जाती रही।

''जो व्यक्ति अपनी पत्नी के रोग पर दया नहीं कर सकता, वह भला दुनिया को धर्म की युक्ति क्या बताएगा? हालाँकि हो सकता है अभी इस क्षण पण्डितजी किसी यजमान के यहाँ बैठे किसी मन्त्र का जाप करवा रहे हों, अथवा किसी को संकल्प दिला रहे हों।''

उमा जी को अपनी कल्पना में मन्त्र पढ़ते पण्डित पर क्रोध हो आया।

बातचीत में एक दुःख-भरा विराम आ गया था। अकेले जया के चेहरे पर अनेक कहानियाँ डूब-उतर रही थीं, जो खुद को कह देने के लिए अधीर हो रही थीं।

''फुआजी!'' अचानक विन्ध्यवासिनी जी का छोटा-सा नौकर तेजी से दौड़ता हुआ गौरी की बगल में आकर खड़ा हो गया। जिस व्याकुलता से उसने 'फुआजी' कहा था उससे स्पष्ट था कि कुछ था जो तुरत फुआजी को बता दिया जाना था, कुछ बहुत जरूरी जो फुआजी को अभी बताना जरूरी था, लेकिन शायद उमा जी को वहाँ बैठा पाकर वह बताने के बीच में ही ठिठक गया, बात उसके अन्दर ही ठहर गयी।

''बोलो छोटू!'' गौरी ने उसे आश्वस्त करने के स्वर में पूछा।

''फुआजी एक मिनट सुनिए!'' यहाँ बात बताने में छोटू को हिचक हो रही थी।

''अरे बोलो न, दादीजी से कुछ छिपाने की जरूरत नहीं है।'' गौरी ने उमा जी की ओर देखकर मुस्कुराते हुए कहा। उमा जी को उस घरेलू विश्वसनीयता के घेरे में शामिल कर लेना गौरी के लिए लाजिमी हो गया था—''कोई बात नहीं है, जो बोल रहे थे, बोलो।''

''फुआजी!'' छोटू ने उमाजी की ओर एक बार सशंकित आवाज में कहा, ''पण्डितजी वाले घर से ढेर-सा धुआँ उठ रहा है, ऐसा महक रहा है जैसे कुछ जल रहा हो।''

''बाप रे!'' गौरी और जया के मुँह से एक साथ निकला, वो सारा इत्मीनान जिससे भरकर गौरी छोटू पर उमा जी की इस परिवार के साथ की निकटता प्रकट कर रही थी, बल्कि छोटू पर प्रकट करने के माध्यम से उमाजी पर प्रकट कर रही थी, गायब हो गया। गौरी दौड़ती हुई पण्डितजी के कमरों की ओर भागी। गौरी के पीछे-पीछे जया भी दौड़ी।

उमा जी जहाँ बैठी थीं, जड़वत वहीं बैठी रहीं।

किस आग से कौन धुआँ उठ रहा है, यह जानने को वे भी आकुल थीं, लेकिन किसी चीज के जलकर नष्ट हो जाने का क्षोभ उनके अन्दर उस आकुलता से अधिक प्रबल हो रहा था।

जो तिल-तिल जल रहा है वह किसी और का है, और यदि वे उसके शमन में सहायता नहीं दे सकतीं, तो आग का तमाशा देखने जाने का क्या तुक है?

उमा जी चुपचाप अकेली बैठी रहीं।

थोड़ी देर में परेशान-सी दिखती हाँफती हुई गौरी उनके पास आयी और गौरी के पीछे जया, जो इस सारे हादसे से बहुत उत्तेजित हो गयी लगती थी।

''बड़ी मुश्किल है, पण्डितजी की पत्नी के साथ, अब क्या कहा जाए! दूध गैस चढ़ाकर भूल गयी। गैस फुल पर ऑन है। दूध उबल-उबलकर चूल्हे पर गिर रहा है। घर एकदम धुआँ-धुआँ! सब खिड़की बन्द हैं। खिड़कियाँ कभी खोलती ही नहीं है। ऐसे में किसी दिन आग लग जाएगी। कुछ होश ही नहीं है उसको। बाहर ग्रिल पकड़कर चुपचाप खड़ी है, विचित्र परिस्थिति हो गयी है, कुछ बोलते नहीं बनता है।'' गौरी की आवाज में परेशानी के साथ-साथ एक गहरा क्षोभ था।

''और यह पहली बार नहीं हुआ है। कभी चावल चढ़ाकर भूल गयी, कभी बैंगन पकने रखकर भूल गयी, घर एकदम धुआँ-धुआँ!'' जया बेहद उत्तेजित आवाज में पागलपन की और कहानियाँ सुनाने लगी। गौरी के बीच-बीच में दार्शनिक हो जाने से वह खीज रही थी, लेकिन या तो उमा जी के लिहाज से या यों ही, गौरी पागलपन की उन घटनाओं को मनोहर कहानियों की तरह कहने-सुनने से कतरा रही थी।

''उनके तो अपने बच्चे हैं ही जिनका भगवान ही मालिक है, लेकिन घर में और भी बच्चे हैं, किसी भी दिन कोई भी काण्ड हो सकता है। आदमी कैसे एकदम घर से निकाल दे, और पण्डितजी से कुछ भी

कहने का मतलब देह फोड़ के मारेंगे।" गौरी वास्तव में चिन्तित थी।

"ओह, सचमुच विकट समस्या लग रही है। पण्डितजी को दूसरा कारण बताकर घर खाली करने के लिए कहो। इस तरह की घटना बताने से अगर फिर मार-पीट ही करेंगे तो न बताना ही बेहतर है। आदमी और क्या कर सकता है?" उमा जी नाजुक स्थिति को समझ रही थीं।

"पण्डितजी तो इलाज करवाने से रहे, किसी तरह से इन लोगों से मुक्ति मिल जाए। गौरी अन्ततः इस समस्या से थक गयी लगती थी।"

यदि पण्डितजी की पत्नी का इलाज हो पाता तो उमा जी को लगा गौरी खुश होती। उमा जी स्वयं भी खुश होतीं, लेकिन दोनों के हाथ अपनी-अपनी जंजीरों से बँधे थे। सबसे बड़ी तो अपनी ही जिम्मेदारी होती है, आदमी दुनिया के लिए कहाँ कुछ कर पाता है!

"अच्छा अब चला जाए!" उमा जी अचानक उठ खड़ी हुईं।

"अरे बैठिए न, माँ अभी आ जाएँगी।" गौरी और जया ने एकमत, एक स्वर में कहा। लेकिन उमा जी तत्क्षण वहाँ से चले जाने का निर्णय ले चुकी थीं। विन्ध्यवासिनी जी से दूसरे दिन भेंट हो जाएगी। आखिर दोनों घरों में दूरी ही क्या है!

गौरी और जया को अपने घर आने के लिए बार-बार कहकर, उमा जी तेजी से बाहर निकल आयीं।

पण्डितजी के घर लौटने से पहले वे किसी भी तरह वहाँ से चली जाना चाहती थीं।

किसी भी पण्डित अथवा पुजारी से आहार-विहार सम्बन्धी कुछ भी पूछने की उनकी इच्छा खत्म हो गयी थी।

सप्ताह के किस दिन तिल खाना अथवा नहीं खाना है, का निर्णय वे स्वयं ले सकती थीं। और जिस किसी भी दिन उनके दोनों बेटे घर में हों, उससे ज्यादा शुभ दिन और कोई हो सकता था क्या?

□□